過去への旅　チェス奇譚

シュテファン・ツヴァイク
杉山有紀子＝訳

幻戯書房

目次

ロゴ・イラスト――丸山有美
装丁――小沼宏之[Gibbon]

過去への旅

「来てくれましたね！」腕を伸ばして、というよりも大きく広げて、彼は彼女に向かっていった。「来てくれたんですね」と彼はもう一度繰り返し、その声は驚きから幸福へとますます明るく階調を上げ、それと同時に愛撫《あいぶ》するような眼差《まなざ》しが愛するその姿を包み込んだ。「来てくれないのじゃないかと、もう恐れていたところだったんですよ」

「ほんとなの、そんなに私を信じてくれていないのかしら？」しかしそれはただ微笑む唇が、この軽い非難と戯れてみせただけのことであった。澄んだ明るい両の瞳からは青い信頼の光が放たれていた。

「いいえ、そうじゃないんです、疑ってなど——この世であなたの言葉ほどあてにできるものがあるでしょうか。でも考えてみてください、なんてばかなことか——午後になって急に、まったく予想外に、なぜかわからないのだけど、いきなり無意味な不安が痙攣《けいれん》のように襲ってきたのです、あなたの身に何かが起こったかもしれないと。電報を打とうか、そちらへ飛んでいこうかと思い、そして今いよいよ時計の針が進んで、あなたの姿がまだ見えなくて、またしてもすれ違ってしまうのじゃないかと引き裂かれるような思いがしていました。でもよかった、今あなたは来てくれた――」

「ええ――今こうして来たわ」と彼女は微笑み、再び青い目の深みから瞳が光を放った。「今こうして来て、準備はできているわ。行きましょうか」

「ええ、行きましょう！」と無意識に唇が繰り返した。しかし身体はじっとしたまま一歩も動き出さず、愛撫するような眼差しがなおも何度となく、彼女がそこにいるという信じられないような事実を眺めまわした。

二人の頭上には右でも左でも、フランクフルト中央駅のプラットホームに振動する鉄とガラスの音が響き、煙るホールの喧噪《けんそう》を引き裂いて警笛が鋭く鳴りわたり、二十枚のボードに高圧的に何時何分と時刻が表示される。彼は奔流のように動く人混みのただ中で、時間からも空間からも逃れ、熱情に浮かされたような奇妙な忘我状態のうちに、ただ彼女だけを唯一目の前に存在するものとして感じていた。しまいに彼女が「もう時間よ、ルートヴィヒ、まだ切符を買っていないのだから」と注意してやらなければならなかった。そこでようやくとらわれていた視線はほどけ、優しい畏敬の念に満たされて彼は彼女の腕を取った。

ハイデルベルクへ向かう夕刻の急行はいつになく混み合っていた。一等車の切符を取ったので自分たちだけになれるのではないかと見込んでいた二人はがっかりして、むなしく探し回った末、一人の白髪の男がうとうとと隅に寄りかかっていたコンパートメントで手を打つことにした。さっそく期待を抱きつつ二人きりの会話を楽しんでいたところ、発車のホイッスルの直前になって、分厚い書類鞄を持った三人の紳士が息を切らしながらどすどすと車室へ乗り込んできた。どうやら弁護士のようで、ちょうど終わったばかりの裁判にひどく興奮しており、彼らの騒々しい議論のおかげで、それ以外の会話をする可能性はすっかり潰されてしまった。こうして二人は仕方なく、一言も発してみようとせずにじっと向かい合っていた。ただ、一方が視線を上げてみたときだけ、ぼんやりとしたランプの影で暗い雲のように覆われながら、相手の優しい眼差しが、愛情をこめてこちらへ向けられるのが見えるのだった。

ゆるやかな動きと共に列車が動き出した。車輪のガタガタという音によって、弁護士たちの会話は鎮められ、打ち砕かれて単なる雑音にすぎないものとなった。しかし衝撃と弾みがやがてリズミカルな振動になると、鋼鉄の揺り籠はゆらゆらと夢想を誘った。下の方の見えないところでダッダッと音をたてながら車輪が前進していく中、それぞれに満ち足りた心持ちで、二人の思いは夢見ながら過去へ向かって漂っていった。

二人が最後に会ったのは九年以上前[001]のことで、それ以来どうにも突破しようのない距離によって隔てられていたので、今またこうして何も言わずそばにいられる、そのことを何倍もの激しさで感じていた。ああ、何と長く、何と遠かったことだろうか、この日まで、この夜までの九年、四千日、四千夜！　いかに多くの時間、失われた時間、それでもただ一つの思いが一瞬のうちに始まりの始まりへと舞い戻っていった。あれはどうだったろうか。ありありと彼は思い出した。二十三歳で初めて彼女の家へやってきて、産毛のような生えたての髭《ひげ》の下で、唇にはすでに苦労の跡が鋭く刻まれていた。貧しさゆえに辱められた幼年時代から早くに身をもぎ離し、特待生の無料給食で育ち、家庭教師や補習係として細々と暮らしを立て、困窮をしのぎ苦労してパンを得る日々を苦々しく送ってきた。昼間は本を買うためのわずかな金をかき集め、夜は疲れ切って引きつるほど張りつめた神経で大学の勉強についていき、化学専攻を首席で卒業すると、指導教授の特別な推薦もあって、彼はフランクフルト・アム・マインの大工場主である名高いG…枢密顧問官[002]のもとへやってくることになった。そこで最初は研究所の下働きをさせられていたが、間もなく枢密顧問官はこの青年の粘り強い真剣さに気づき、特別な関心を向けるようになった。この青年は貯め込んでいた力のすべてを注ぎ込むかのような、目標へと向かう熱烈な意志をもって仕事に身を投じていたのだった。試しにどんどん責任の重い仕事を任せてみると、貧困という地下室から逃れる可能性に気づいた彼は貪欲にこれをつかんだ。多くの仕事を負わせれば、それだけますます精力的に彼の意志は上をめざして伸びていった。こうして彼はあっという間に、何ダースもいるような下働きから、入念に護られた実験の補佐役となり、枢密顧問官はしまいに彼を好意をもって「若き友」と呼びならわすようになった。本人の知らないところで、社長室の隠しドアの後ろから、高い適性を見極めようとする視線が彼を観察していたのである。そしてこの野心ある青年が日々の仕事をがむしゃらに片付けているだけのつもりだった間に、ほとんどいつも姿を隠している経営者は、彼にもっと良い未来を用意していた。坐骨《ざこつ》にひどい痛みを抱えているためにしばしば家におり、それどころかベッドから動けないことも多い中で、この初老の男は長年、無条件に信頼できて知的にも申し分ない私設秘書を探していた。それは秘密の特許について、また誰にも言わずに遂行されなければならない試みについて相談できるような者でなければならなかった。それがとうとう見つかったように思われたのだ。ある日枢密顧問官は思いがけない提案を持ち出して青年を仰天させた。すなわち、もっと自分の近くで手の届くところにいてもらうために、街外れの家具付きの部屋を引き払い、自分たちの広い屋敷に私設秘書として住むつもりはないかというのだった。青年は予想外の申し出に驚いたが、もっと驚いたのは顧問官の方で、というのは一日考える時間を与えた後、青年はこの名誉ある提案を率直に断ってきたのだが、その拒絶の口実は裸体を隠すだぶだぶの衣服のように、いかにもぎこちなかった。顧問官は学者としては一流であったが、精神のことがらに関しては、この拒絶の真の理由を推し量れるほど経験豊かではなく、またこの反抗的な青年も本当の気持ちを自ら認めてはいなかったのかもしれない。それは不自然に隠された自尊心にほかならず、極度の貧困のうちに送った幼年時代を恥じる、傷ついた心であった。裕福な連中の成金じみた無礼な家で家庭教師をしながら、彼は使用人と同居人の間の名も知れぬ両生類のような立場で、居ながらにして居ない者、必要に応じて置いたり片付けたりされる食卓のマグノリアのような飾り物として育ち、上流の者たちとそれを取り巻く世界に対する憎悪に、心の隅々まで満たされていた。ずっしりと重い家具やいっぱいに物で溢れかえる部屋、有り余るばかりにたっぷりと供される食事など、そうした豊かさを彼はただ、仕方なく許容された者として分け与えられるばかりであった。彼はそこでありとあらゆることを体験した——生意気な子供の侮辱や、主人の妻が月の終わりに何枚かの紙幣を手渡すときのいっそう侮蔑的な同情を。彼が不格好な木のトランクを携えて新しい家に越してきたときには、一着しか持っていないスーツと灰色のつくろい跡のある肌着、この貧しさの見紛《まが》いようもないしるしのような服を、貸してもらった箱にしまわなければならず——そのときに冷酷な下女が自分より上の立場で仕える者に向けた、嘲るような皮肉な眼差しも。否、彼は誓った、もう二度と他人の家に、裕福な家には戻らない、自らがその一員となるのでない限りは。困っているところを探り出し、いやらしく贈り物を与えて傷つけるようなことは決してさせない。二度と決して。今では外面的には博士号という、安いけれども風を通すことはないコートが彼の立場の低さを隠してくれており、職場ではその働きが、貧困と施しによって化膿した青春時代という辱めの傷口を覆ってくれていた。否、彼はもはや金のためにこのわずかばかりの自由を売り払うつもりはなかった、自分の人生を誰の手にも渡さないという自由を。それゆえに彼は名誉ある提案を、自分の出世を無にする危険を冒しながら、口実を作って断ったのだった。

しかし間もなく、予期できなかった事情によって、彼にはもはや自由な選択の余地がなくなってしまった。枢密顧問官は病状があまりに悪化したため、長い時間ベッドにとどまらなければならず、オフィスとの電話でのやり取りも止めなければならなくなった。こうして私設秘書はどうしても必要なものとなり、彼は自分の地位を失いたくないならば、自分を庇護《ひご》してくれている顧問官の度重なる切羽つまった要請から逃れるわけにはついにいかなくなった。この引っ越しは彼にとってまったくもって困難なものとなった。彼は今も、初めてボッケンハイム通り[003]のあの高貴な、いくらか古フランケン風の屋敷の呼び鈴に触れた日のことをはっきりと覚えていた。その前の晩に彼は、貧窮ぶりをあまりにあからさまに見せぬよう、乏しい蓄えから——さびれた田舎町で老いた母と二人の妹が、彼のわずかな収入で暮らしていたのだ——新しい肌着、なんとか格好の付くブラックスーツ、新しい靴を買った。今回は臨時の使用人が、彼があれこれの思い出ゆえに憎んでいた、彼の全財産の入った醜い長持をあらかじめ運んでくれた。それでも白い手袋をした使用人がうやうやしくドアを開けてくれ、早くも玄関ホールのところで富裕さが濃厚なもやのように襲いかかってくると、喉に鉛玉を詰められたように、居心地の悪さがこみあげてきた。早くも控えの間に、歩く足元を飲み込む分厚いカーペット、厳かに見上げることを要求するがごとく広げられたゴブランが待っていた。あちらには重いブロンズのノブが付いた彫刻入りの扉、それは明らかに自分の手で触れるものではなく、卑屈な使用人によって腰をかがめて開けられるべく定められているものであった。こうしたものすべてが眩惑するように、また同時にいとわしく、彼の反抗的な怒りの上にのしかかってきた。そして使用人が彼を、今後暮らしていくべき部屋として用意された窓の三つある客用寝室へ連れていくと、自分はここにいるべきでない、侵入者だという感覚が彼を圧倒した。昨日はまだ隙間風の入る五階の、木のベッドとブリキの洗面器のある奥まった小部屋にいた自分が、ここに住まうというのか。あらゆる家財が厚かましいほど豪華で、自らの金銭的価値を知っているかのようにそこにあり、ただ許容されているにすぎない彼を嘲るように見ていた。彼が持ってきたもの、それどころか自前の服を着た自分自身さえも、この広々として隅々まで光に照らされた部屋の中では惨めに縮みこんでしまった。幅広くたっぷりとした洋服簞笥《だんす》の中に、一枚きりの彼の上着が首をくくられた人間のように滑稽にぶら下がり、二三の洗面用具や使い古された髭《ひげ》剃《そ》りはごみくずのように、あるいは職人が置き忘れていった道具のように、大理石のタイルの貼られた大きな洗面台の上に転がっていた。思わず彼は硬い木の長持を敷布の下に隠した。彼自身は現場を押さえられた侵入者のように閉ざされた部屋の中に立ちつくしているというのに、この長持は敷布の下に這《は》い込んで隠れることができるのを羨ましく思った。自分は請われて、求められて来た者なのだと言い聞かせ、自分には価値がないという屈辱と怒りの感情に喝を入れようとしたが、むなしかった。その度に、彼を取り巻く豪勢なものたちがその考えを押さえ込み、彼はやはり自分がちっぽけで屈従的で打ちのめされたように感じ、成金趣味で自慢げな金の世界の重みによって、使用人、下僕、居候、人間の形をした家具となり、買われてきたもの、貸出可能なものとなって、彼自身の存在を奪われてしまったということを感じるのだった。そのうち使用人が静かにドアをノックし、凍りついたような顔と堅苦しい身振りで、奥様が博士殿をお呼びだと告げた。並ぶ部屋部屋をためらいつつ通り抜けていくあいだ、彼は何年ぶりかにまた自分の振舞いも縮こまったようになり、肩を丸めて卑屈にかがみこみながら、何年もの時を経て自分の中でまたあの少年時代の不安と混乱が始まったのを感じた。

だが初めて彼女の前に進み出るや、こうした心の中のあがきは快くほどけてしまった。まだ彼の眼差しがお辞儀を終えて恐る恐る上へ向かい、話している彼女の顔と姿とをとらえる前に、早くも彼女の言葉が抗いがたくこちらへ向かってきたのだった。その最初の言葉とは感謝であり、きわめて率直かつ自然に口に出されたので、じっと待ち受けていた感情に直接触れたように、彼を取り巻いていた不機嫌の雲がすべて散り去ってしまった。「あなたに大変感謝いたします、博士殿」と彼女は心を込めて手を差し出しながら言った、「あなたが夫の招きにとうとう応じて下さって。私がどんなに感謝しているか、あなたにすぐにお示しできればよいのですけど。あなたにはたやすいことではなかったかもしれませんね――自由を手放すのはいやなものですから、でもそれによって私たち二人がこれ以上ないほどの義務を負わされたのだとお感じになれば、お気持ちも落ち着くでしょうか。私としては本当に心から、あなたにこの家を完全にわが家と感じていただければ何よりと思っておりますわ」彼は心の中でぴくりと耳をそばだてた。なぜこのひとは、心ならずも売り渡した自由のことを知っているのか。いかにして最初の言葉ですぐにあの傷、彼という人間のもっとも感じやすくひりひりと痛む傷に手を差し伸べてきたのだろうか――自由を失い、ただ許容されているにすぎない者、雇われた者、金であがなわれた者でしかなくなってしまうという、まさにその不安の脈打つところに。

最初の手の動きだけで、彼女はこれらすべてのことを彼から取り去ってしまった。思わず彼女の方へ視線を上げ、そのときようやく、彼が目を向けるのを信頼とともに待っている、彼女の温かく共感に満ちた眼差しに気づいたのだった。

何かたしかに柔らかく気持ちを落ち着かせる、そして快活な自信に満ちたものが彼女の顔から輝き出し、その澄んだ額は明るい光を放っていた。その額はまだ若々しく輝きつつも、髪の分け目にはすでに奥方らしい貫禄のあるまじめさが備わっていた。暗い色の層をなす髪が深く波打つカーブを描いて落ちかかり、首筋からは同じように暗い色のドレスが豊かな肩を包んでいた。それだけにいっそうこの顔は、その穏やかな光を放ちながらますます明るく見えるのだった。彼女は市民的な聖母のように見え、高いところで絞ったドレスをまとう姿はいくらか尼僧のようでもあり、彼女の優しさによってあらゆる動作に母性のオーラが加えられていた。彼女は柔らかな仕草で一歩彼に歩み寄り、その微笑が彼のためらう唇から感謝の言葉を取り上げてしまった。「初めのうちに一つだけ、最初のお願いをしておきますね。長い知り合いでない者同士が一緒に暮らすのはいつでも難しいものだということは知っています。そこで役に立つのはただ一つ、率直であること。ですからもし何かのときに気持ちが塞ぐとか、何かのやり方とか設備でうまくいかないと感じることがあったら、私に正直におっしゃってください。あなたは夫を助けてくれる方で、私はその妻ですから、この二重の義務によって私たちは結ばれています。ですからお互いに率直でいましょうね」

彼は彼女の手を取った――条約は締結されたのだ。そして最初の瞬間から、彼はこの家に結ばれていると感じた。部屋のぜいたくさが敵対的に迫ってくるように思われることはもはやなく、それどころか彼は間もなくそれを、高貴なものを囲む不可欠の額縁と感じるようになった。この高貴さは、外から敵意をもってもつれてぶつかり合いながら押し寄せてくるすべてのものを和らげ、調和させるのだった。最初に彼が少しずつ気付いたのは、ここではいわば選り抜きの芸術的感覚が、高価なものをより高次の秩序に服させているということで、その抑制されたリズムは彼自身の生活、そして言葉の中にも、知らず知らず入り込んできていた。自分が不思議と穏やかな気持ちになっていることを彼は感じた。あらゆる尖った、激しく熱烈だった感情から悪意やいらだちが消え、深く沈むカーペット、ぴんと張った壁、色鮮やかなレースのカーテンが、あたかも外界の光や騒音をひっそりと吸い込んでしまうかのようであった。そして同時に、このように漂う秩序が無からひとりでに生まれてきたのではなく、いつも善意に満ちた微笑に包まれた寡黙な女主人の存在から生じているのだということも彼は感じた。最初の数分のうちに魔法のように感じ取ったものが、続く何週間、何か月という時の中で慈愛として彼に意識されるようになった。考え抜かれた礼儀の感覚をもってこの女性は少しずつ、強制を受けたと感じさせることなしに、少しずつ彼をこの家の内なる生活環へと引き入れていった。庇護されてはいるが見張られてはいないという、自分の気持ちに寄り添った心づかいが、いわば遠くから働いてくれているのを彼は感じた。ちょっとこうしてほしいと思うことがあれば、ほんの少し仄《ほの》めかしただけで、妖精がしてくれたかのように目立たない形で叶えられており、とりたてて感謝することもできなくなってしまうのだった。ある晩に貴重な版画の入った紙挟みをめくりながら、彼がそのうちの一つ、レンブラントのファウスト[004]を大いに讃えれば、二日後にはその複写が額に入って書物机の上に掛かっていた。ある本を友人が褒めていたと口にすれば、数日の後にふと、蔵書の中にその本が収まっているのを見出した。知らぬ間に部屋が彼の望みと習慣にかなうように形作られていった。しばしば彼は初めのうち、細かな点で変化が起きていることを知らないまま、より心地よく、より色とりどりに、隅々まで暖かくなったことだけを感じていた。そして後になって、彼が以前ショウウィンドウに入っているのを賞賛したような刺繍入りの東洋風クロスがオットマンに掛かっていたり、ランプがラズベリー色の絹の中から照らすようになっていたりすることに気づくのであった。彼はこの雰囲気にますます惹きつけられていった。もはやこの家を離れることを好まなくなり、十一歳の男の子と熱い友情を結んで、この子とその母親が劇場やコンサートに出かけるのに伴っていくことを大いに愛するようになった。自分でも知らないうちに、仕事以外の時間に彼のなすことすべてが、彼女の穏やかな存在から放たれる優しい月の光に包まれていた。

　初めて会った時から彼はこの女性を非常に好ましく思っていた。しかしその感情がいかに無条件の熱情によって、夢の中にまでのしかかるほどのものになっていたとはいえ、すべてを揺るがす決定的なものが彼にはまだ欠けていた。すなわち、彼はまだ意識的には認めていなかったのだ。自分自身への言い訳として、まだ感嘆や畏敬、忠誠といった名前で覆い隠していたものが、すでに完全に愛であったということ——熱烈で抑えのきかない、絶対的な情熱を帯びた愛であったということを。彼の中にある何らかの卑屈さが、この認識を無理やりに曇らせていたのだった。彼女はあまりにも遠いものに見えた、あまりにも高く、あまりにはるかに離れているように見えた。彼女は彼がこれまで女として知ってきたすべてのものの中にあって、澄みきった、星の環《わ》の光に包まれ、豊かさを甲冑《かっちゅう》のようにまとった女性であった。彼女をほかの女たち、隷属のうちに送った青春時代に得られたような女たちと同じ性の、同じ血の法に服する者として認めるなどということとは、冒瀆的とさえ感じられた——家庭教師の彼を家へ迎え入れ、大学出の男は馬車屋や下男とは違うふうにするものかと知りたがっていた農園の下女だとか、帰宅途中に街灯の薄明りの中で出会ったお針子など。否、彼女は違った。彼女は欲望すべくもない別の世界から光を放つ、触れることの許されない純粋な存在であり、彼の夢のうちで最も情熱的なものでさえも、彼女の衣服を脱がせることは敢えてしなかった。少年のように混乱した気持ちで、彼は彼女の存在を示す香りを追い求め、彼女のあらゆる動作を音楽のように楽しみ、彼女に信頼されている幸福を感じながら、興奮を呼び起こす度を越えた感情ゆえ彼女に何かを漏らしてしまわないかと絶えず恐れていた。それはまだ名前のない感情であったが、しかしとうにその覆いの中で形をととのえられ、隅々まで焼き上げられていたのだった。

だが愛というものが本当に愛そのものになるのは、それが未熟なままに身体の奥で苦しみながら暗くぼんやりと揺らいでいるのをやめて、呼吸と唇でもってそれと名指され、告白されるときである。このような感情は、どんなに頑強にさなぎの中に閉じこもっていても、必ずあるとき突然もつれた糸を突き破って、はるかな高みからもっとも遠い深みへと転落しながら、倍加した勢いで、驚愕《きょうがく》する心に向かってぶつかっていくのである。これが起こったのはかなり後、彼が住み込むようになって二年目のことだった。

ある日曜に彼は枢密顧問官の部屋に呼び出されていた。顧問官はいつにない仕方で、挨拶もそこそこに隠しドアを背後で閉め、いかなる邪魔も入れないようにと内線で言いつけたので、それだけでも特別重大な用件であることがわかった。老人は彼に葉巻を差し出して、仰々しく火をつけてくれたが、それはあたかも、正確に考え抜いてきたであろう話をするための時間を稼ごうとしているかのようであった。顧問官はまず、彼の働きに対する事細かな感謝から話し始めた。曰く、あらゆる観点において彼は自分が信頼し、気持ちの上でも頼りにしていたことのさらに上を行ってくれた、非常に内密な業務上のことがらをも、これほど短い関係にもかかわらず打ち明けたことも決して後悔しないだろうと。さて、昨日わが社に海外から重要な報せが届いたのだが、彼にはためらわずにこれを明かそう。自分の知るところのとある新しい化学的方法が、ある鉱石を大量に必要とするのだが、ちょうど電報で知らされたところでは、この金属の大きな鉱脈がメキシコに確認されたというのだ。ここで肝心なのはスピードで、アメリカのコンツェルンにチャンスを摑《つか》まれてしまう前に、これをわが社のために獲得し、現場で採掘と活用の手はずを整えなければならない。これには信用に足る、加えて若くエネルギッシュな人間が必要だ。自分個人にとっては、信頼できて頼りになる補佐役がいなくなってしまうのは大変つらいことだが、しかし評議会の席にある立場からは、その者をもっとも有能でただ一人相応しい人間として提案することを義務と考える。自分としては、彼に輝かしい未来を保証することができるという確信でそれを埋め合わせるだろう。二年間仕事をすれば、彼は潤沢な報酬によってかなりの財産を確保できるだけでなく、帰国のあかつきにはわが社の指導的ポストを用意するつもりであると。「総じて」と枢密顧問官は最後に、祝福のしるしに両手を広げて言った。「あなたがいつかまたこの私の椅子に座り、この老人が三十年前に始めたことを完遂してくれるような予感がするのですよ」

晴天から突然降ってきたようなこのような申し出が、野心ある者の心を乱さずにいようか。ついにあの扉が爆破され吹き飛んだのだ――貧しさという地下倉庫から、光なき奉仕と服従の世界から、遠慮を強いられ気を遣う者の絶え間ない屈従の振舞いから、外へと導き出してくれる扉が。むさぼるように書類と電報を見つめていると、象形文字のような記号が次第に、巨大な計画の大きくぼんやりとした輪郭となって見えてきた。いくつもの数字が突然彼に向かって吹き下りてきた、管理し決済し、獲得すべき何千、何十万、何百万という数字であった。支配する力を持つということ、その燃える大気へと向かって、うっとりと胸を高鳴らせながら、夢の気球に乗っておのれの存在の冴えない卑屈な圏域を脱し、突然高く昇っていくかのようだった。それに金だけのこと、商売や企業、駆け引きや責任のことだけではなかった。否、比べものにならないほど心惹かれるものが、ここで誘惑的に彼をとらえていた。作り上げること、生み出すこと、高度な課題、創造的な使命。何千年にもわたって鉱石が地下で惰眠をむさぼっていた山肌に坑道を掘り、街を作って家を増やし、道を伸ばし、機械を動かしクレーンを働かせる。無味乾燥な計算式の藪《やぶ》の向こうに、幻想的な、しかしまた生き生きとした熱帯の光景が花咲き始めた――建物や畑、農園、工場に倉庫、人間の生きる新たな世界の一角、それに彼が意のままに秩序を与え、無のただ中に築きあげようとしているのだ。遠い異国の陶酔に焦がされた海風が、突如として小さな絨毯《じゆうたん》敷きの部屋へと押し寄せ、数字たちは積み重なって夢幻のような総和をなしていった。熱狂状態というものはあらゆる決断をはやる翼のようにしてしまうもので、ますます熱を帯びていくその興奮のうちに、すべてが大まかに取り決められ、純粋に実務的な点まで合意に至った。旅費としてもらった、彼にとっては予想もできないほどの金額の小切手が、あっという間に彼の手の中ではためき、もう一度固い約束を交《か》わした後、十日後に出る次の南方行きの汽船で出発することが決められた。めくるめく数字にまだかっかとして、掘り当てられたチャンスの渦にめまいを覚えながら、彼は顧問官の仕事部屋の扉から外へ出た。この会話のすべてが、興奮しすぎた願望の生み出した幻影にすぎなかったのではないかと、彼はしばしの間うろたえたようにあたりをじっと見つめていた。翼の一振りで底辺から輝かしい天空へと持ち上げられたかのように、望みが叶えられたのだ。血はまだ嵐のように激昂《げつこう》したまま駆け巡っており、少しの間彼は目を閉じなければならなかった。彼は目を閉じ、息を深く吸い込んで、すっかり自分ただ一人になり、内なる自己をもっと隔絶された、もっと強力なものとして味わおうとした。一分ほどが過ぎた。だが彼が生き返ったように改めて目を上げ、見慣れた控えの間に視線を走らせたとき、その目はふと、大きなキャビネットの上に掛かっている一枚の絵にくぎ付けになった。彼女の肖像だった。軽く閉じられ、穏やかに湾曲した唇をして、その絵は彼を見ていた。微笑みつつも深い洞察に満ち、まるで彼の内なる言葉のひとつひとつを聞き取ったかのようであった。その瞬間、すっかり忘れていた考えが突然彼を稲妻のように貫いた――あの仕事を引き受けるということは、この家を去ることでもあるのだと。何ということだ、あの人から離れることになるのだ。それは誇らしげに膨らんでいた彼の歓喜の帆を、ナイフのように切り裂いた。そして不意を突かれてコントロールを失ったこの瞬間に、彼の心の上に作為的に組み上げられていた偽装の梁が崩れ去った。心筋がびくっと縮みあがるように、彼女なしで生きることをただ考えるだけでもいかに苦しく、いかに致命的に自分を引き裂くものかということを感じたのだった。あの人から、神よ、あの人から離れるとは！　どうしてそんなことを考えられたのだろうか、どうして決断できたのだろうか、もはや自分は自分のものではないというのに、彼の感情がことごとくかすがいを打ち、根を張るように、ここで彼女の存在へと結び付けられてしまっているというのに！　何かが激しく破裂した、それは荒々しい、きわめて明白な、痙攣するような身体的苦痛であり、額から心臓の底まで走る衝撃、夜空に光る稲妻のようにすべてを照らし出す裂け目であった。そして目もくらむようなその光の中にあっては、認めずにいようとしても無駄であった――彼の体内のあらゆる神経、あらゆる繊維が彼女への、いとしい女性への愛のうちに燃え立っていることを。そして声もなく彼がその魔法の語を口にするや否や、極度の驚愕に鞭打《むち》たれたかのような、説明しようのないほどの速さで、数知れぬ小さな連想や思い出がきらきらと彼の意識の中を駆け落ちていき、そのひとつひとつが彼の心をまばゆく照らし出した。それらは彼がこれまで一度も認めたり、明らかにしようとしたりする勇気がなかった、こまごまとしたできごとだった。今ようやく彼は、もう何か月も前から自分が完全に彼女のとりこになっていたことに気づいたのだった。

あれはこの前の復活祭の週のことだったではないか。主人夫妻が三日間親類のところへ行ってしまうと、彼は途方に暮れて部屋から部屋へうろうろと歩き回り、本を読むこともできず、なぜとも言えぬままに心かき乱されていた。そして二人が戻ってくることになっていた日の夜、彼は夜中の一時まで、彼女の足音を聞こうと待っていたではないか。いらだつ焦燥に駆られて、早くから数えきれないほど何度も、車がもう来はしないかと階段を下りていったではないか。劇場で偶然彼の手が彼女の手に触れたときに、手から首筋まで冷たい震えが走ったことを思い出した。何百というこうした小さなひりひりするような思い出、ほとんど気づいてさえいなかった些細なことが、いまや破れた水門をくぐるように彼の意識の中へ、彼の血の中へと押し寄せ、すべてがまっしぐらに彼の心臓へと合流してきた。知らず知らず彼は自分の手を胸に押し当ててやらなければならなかった。心臓はあまりにも激しく高鳴っており、もはや何をしても無駄だった。もはやこれ以上抵抗するわけにはいかなかった、臆病さと同時に畏敬の念によって本能的に、何重にも念の入った遮幕で今まで陰らせてきたものを、認めないわけにはいかなかった――彼女がいなくてはもう生きられないのだと。二年間、二か月間、二週間でさえも、彼の道を照らすあの穏やかな光なしに、夕刻の親しい会話を交わすことなしに――否、耐えられるものではない。十分前には彼を誇りで満たしていたメキシコへの使命、創造的な力へと向かう上昇が、ちらちらと光るシャボン玉のように一瞬のうちに縮んで弾けてしまい、それはもはや遠く離れること、去っていくこと、牢獄《ろうごく》、追放、亡命、破壊、生きて耐えることもできないような別離でしかなくなっていた。いや、無理だ――すぐに手がドアノブに戻り、もう一度部屋に入って枢密顧問官に、この仕事はやめておくと、自分はこの任務に相応しくないのでこの家にとどまりたいと告げようかと思った。だがその時不安が彼に警告した――今はだめだ！　あまりに早く秘密を漏らしてしまってはいけない、それはまだ彼自身に対してもようやくあらわになり始めたばかりなのだから。彼はよろよろと、熱く燃える手をひんやりとした金属から離した。

いま一度彼はあの肖像に目をやった。その目はますます深く彼を見つめているように思われ、ただ口元の微笑はもはや見えなかった。むしろ彼女は真剣に、というよりもほとんど悲しげに絵の中からこちらを見ていた、まるで「あなたは私を忘れるつもりだったのですね」と言おうとするかのように。この描かれた、しかし生きているような眼差しに彼は耐えられず、よろめきながら自分の部屋に戻り、風変わりな、ほとんど気絶せんばかりの戦慄の感覚を覚えつつ、ベッドに身を沈めた。しかしその戦慄は奇妙にも、謎めいた甘美さに貫かれてもいるのだった。この家にやってきて最初の時から体験してきたありとあらゆることを、彼はむさぼるように思い起こした。するとほんの些細なできごとに至るまで、何もかもが今や違った重さ、違った明るさを持ち始めた。想いを認めたことによって、すべてが内面の光に照らされ、すべてが軽やかに、情熱に燃える大気の中を漂っていた。彼女から受けた親切のひとつひとつを彼は思い出した。いたるところにそのしるしが残っていた。彼女の手が触れたものを眼差しでたどると、そのどれもが、彼女の存在という幸福のひとかけらを持ち始めるのだった。彼女はこれらのものの中にいた、彼女の優しい思いやりを彼はその中に感じた。そして彼に向けられたその善意の確かさに、熱烈に圧倒される思いがした。だが彼の中では、この流れの深い底にあって、まだ石のように何か抵抗するものがあった。まだ持ち上げられ除けられていないものがあって、感情が完全に自由に流れていくようにするためにはそれを取り去らなければならなかった。きわめて慎重に彼は心の奥底の闇へと手を伸ばしていった。それが何を意味するのか彼にはもうわかっていた、ただそれを摑む勇気がなかった。しかし繰り返し川の流れは彼をその場所へ、その一つの問いへと押し戻すのだった。それはすなわち、これらのあらゆるささやかな気づかいのうちには、やはり彼女の側からの——愛と呼ぶ勇気はなかったが——好意があったのだろうか、彼の周りで耳を傾け、包み込んでいてくれたものには、穏やかで落ち着いたものではあるにせよ、愛情が込められていたのだろうか？　ぼんやりとこの問いが彼の中を通り抜け、重く暗い血の波がそれを繰り返し浮かび上がらせ、しかし押し流してしまうことはいっこうにできずにいた。「すっきりと考えることができたらいいのだけど」と彼はぼんやり思ったが、その思考、そして心の奥底から何度となく掘り起こされてくる苦痛は、あまりにも熱情的に、乱れた夢や願望と入り乱れながら波打っていた。頭がくらくらするような感情の混ざり合いに麻痺《まひ》したようになって、彼は茫然《ぼうぜん》と無感覚にベッドに横たわった。一、二時間ほどたっただろうか、不意にドアをそっとノックする音に彼ははっとさせられた。注意深くほっそりとした指のノックで、誰だかわかったように思った。彼は飛び起きてドアへと突進した。

彼女は彼の目の前に立って、微笑んでいた。「博士さん、なぜいらっしゃらないの。もう二度も食事のベルを鳴らしましたよ」

この言葉はほとんどはしゃいだ調子にさえ聞こえた。まるで彼の不届きの現場を押さえたことにちょっとした喜びを覚えているかのようだった。しかし彼の顔を、乱れて湿った髪をして、狼狽《ろうばい》して恥じるように目をそらすのを見るや、彼女の方も青ざめた。

「まあ、いったいどうなさったのですか」と彼女はつかえながら言った、驚きのあまり裏返ったその声の調子を彼は愉悦のように感じた。「なんでもないのです」と彼は無理やり気を取り直してすばやく言った、「ちょっと考え事をしていたのです。何もかもあまりに急なことだったものですから」

「何ですって？　何のこと？　言ってくださいな」

「ご存知ないのですか？　顧問官殿はあなたにお話ししていなかった？」

「何も聞いていませんわ！」彼女は待ちきれない様子で迫った。彼の落ち着きなく熱を帯びた、避けるような視線によってひどくうろたえたようであった。「何があったのですか？　言ってください！」

そこで彼はあらゆる筋肉をぐっと引き締め、赤面することなくしっかりと彼女を見つめようとした。「枢密顧問官殿がご親切にも、責任ある大きな仕事を私に委ねてくださり、私はお受けしました。十日後にメキシコへ旅立ちます――二年間です」

「二年ですって！　何ということ！」その驚愕は胸の底から矢のように熱く飛び出した、言葉というよりも悲鳴のようだった。そして思わず拒絶して押しのけるように彼女は両手を伸ばした。溢れてしまった感情を次の瞬間には否認しようと努めたものの、むなしかった。彼女がそれと気づく前に、彼は――なぜそんなことになったのだろうか――不安のあまり激しく突き出された彼女の両手を自分の手の中に収めていた。そして二人の震える身体は燃えながらひとつになり、尽きることのない口づけの中で、それと自覚しないままに渇望と欲求を抱きつつ過ごしてきた数知れぬ時間と日々とを飲み込んだのだった。

彼が彼女を抱き寄せたのでもなければ、彼女が彼を抱き寄せたのでもなかった。嵐に引きさらわれるように二人は互いのうちへと入っていった。共に連れ立って相手の中へと、底なしの無意識へとなだれ込んでいき、甘美な、また同時に焼けつくような失神のうちにそこへ沈み込んでいった。あまりにも長い間せき止められてきた感情が偶然の磁力によって点火され、一瞬の間に放電されたのだった。そしてようやくゆっくりと、固く押し当てられていた唇が離れてから、信じがたいできごとにまだめまいを覚えながら、彼は彼女の目を見つめた。愛情のこもった暗い目の向こうに、見慣れぬ光があった。そのとき初めて何かが流れ込んでくるように彼は理解した、この女性が、いとしい彼女がすでに長いこと、何週間も何か月も何年も、彼を愛していたに違いないと。優しく沈黙しつつ、静かに燃える母性をもって――かようなひとときがその魂を撃ち抜いたこのときまで。まさに信じられないようなものであればこそ、それはいまや陶酔へと変わった。彼は愛してきた、そして彼女から愛されていたのだ、この近づくことの許されない女性から。天が高く聳《そび》え、広々と光に満たされて果てしなく、輝かしい人生の真昼を迎え、しかしそれと共にまた次の瞬間にはばらばらの破片となって崩れ落ちてきた。というのも愛を認めたこの時は、同時にまた別れの時でもあったのだから。

出立までの十日間を、二人は酔いしれるような狂乱に絶え間なく襲われる熱情の状態で過ごした。彼女が想いを告白したことによる突然の爆発が、せき止めていたあらゆるものを、あらゆるたしなみや慎重さをすさまじい気圧で吹き飛ばしてしまった。獣のように熱く貪欲に、暗い廊下で、扉の裏で、部屋の隅で、ほんの短い時間を盗み出して会うたびに、二人は激しく抱き合った。手が手を、唇が唇を感じようと欲し、乱れた血が同様の血を感じようとし、あらゆるものがあらゆるものに熱をあげた。神経という神経が燃えさかり、足や手や衣服を、渇望する生きた身体のいずれかの部分を感覚しようとした。だがそうしながら彼らは同時に、家の中では自らを律しなければならなかった。彼女は繰り返し輝き出ようとする愛情を夫や息子、使用人たちから隠さなければならなかった。彼は自分の責任のもとに取り組んでいる計測や協議、計算をきちんとできる精神状態でいなければならなかった。二人がつかみ取ることができたのはいつもほんの数秒だった。すばやく盗人のように危険を冒して、待ち構えていたそのひとときで、手だけ、唇だけ、眼差しだけ、慌ただしく奪われる口づけだけで、大急ぎで近づくことができるのみだった。そして自分と同じように陶酔する相手の、もやのような、重苦しくくすぶるような存在を感じて、自らもまた酔いしれるのだった。しかし決して十分になることはなかった、二人ともそれを感じていた。決して十分ではないと。それゆえ彼らは互いに熱烈な手紙を書いた。熱く燃える乱れた手紙を、学校の生徒のように互いの手に差し入れ、晩に彼は眠れぬ枕の下で手紙ががさがさと音を立てるのを聞き、彼女はまたコートのポケットに彼の手紙を見出した。そしてどの手紙も、不幸な問いの絶望的な叫びとともに終えるのだった——どうして耐えればよいのか、血と血、眼差しと眼差しを隔てる一つの大洋、一つの世界、数知れぬ月日、数知れぬ週、二年という時を？　二人は他に何も考えられず、他に何も夢見ることなく、二人とも答えを知らなかった。ただ彼らの情熱の知られざるしもべたち、手や目や唇が、なんとか結びつこうと渇望しながら、心の命じる義務に従って飛び交っていた。それゆえに、わずかな瞬間を盗んで互いをとらえ、扉の後ろでほんの短い時間抱き合う、その不安に満ちた瞬間には、愉悦と恐怖とが陶酔のうちに溢れ出るのだった。

だがいかに渇望しても、彼には愛する身体が完全に許されることは決してなかった。感覚を遮るドレスの後ろで、裸の熱い身体が情熱をもって迫ってくるのを感じてはいても――明るく照らされた、常に見張られ、聞き耳を立てられているこの家においては、本当の意味でその身体が彼に近しくなることは決してないのだった。ただ最後の日、荷造りを手伝うという口実で、実のところは最後の別れを告げるために、彼女がもうすっかり片付けられた彼の部屋にやってきた。そのとき欲望に駆られた彼に勢いよく飛びつかれて、彼女がよろめいてオットマンにぶつかって倒れ、はだけたドレスの下でふくらんだその胸を彼の口づけが燃え立たせ、色白の熱い肌に沿って貪欲に、彼に向かってあえぐように鼓動する心臓のところに至った――彼女がこの数分の間ついに屈してその身体を委ね、ほとんど彼のものになろうかというところだった、そのとき――彼女はその忘我の中で懸命に、声を詰まらせながら懇願したのだった、「今はだめです！　ここではだめです！　どうかお願いです」と。

そして長いこと神聖なものとして愛してきたこの女性への畏敬に対しては、彼の血でさえも従順で隷属的であった。彼は再び、ほとばしる欲望を押しとどめて彼女から身を引いた。彼女はよろめきながら立ち上がり、彼から顔を隠した。彼も身を震わせ、自分自身と闘いながらやはり目をそらし、明らかに望みがかなえられなかったことへの悲嘆に打ちひしがれた様子であったため、彼女は彼がいかに自分への報われない想いに苦しんでいるかを感じた。そこで彼女はまた感情の制御を取り戻して、彼に近づいて静かに慰めて言った。「ここでするわけにはいかなかったのです、私の、あの人の家では。でもあなたがまた戻ってきたら、いつでもあなたの望むときに」

ブレーキが引かれて甲高い音が鳴り、列車はガタガタと音を立てながら止まった。鞭を当てられた犬のように目を覚まし、彼の眼差しは夢想の底から浮かび上がった。だが喜ばしいことに、見よ、そこには彼女が座っている、愛する人、長いこと離れていた彼女がそこに座っている、静かに、息の届くほど近くに。後ろにもたれた顔に、帽子のふちが少し影を落としていた。しかし彼がその顔を焦がれ求めていることが無意識のうちにわかったかのように、彼女は顔を上げて、穏やかな微笑を彼に向けた。「ダルムシュタットよ」と彼女は窓の外に目を向け「あと一駅ね」と言った。彼は答えなかった。座ってただ彼女を見つめていたのだった。時間などというのは無力だ、と彼は密かに思った。我々の想いの前で時間は無力なのだ。あれから九年経って、彼女の声の調子は何一つ変わらず、それに耳を傾ける自分の身体の神経ひとすじたりとも変わっていない。何一つ失われてはいない、何一つ過ぎ去ってはいない、あの頃と同じように彼女がいて、彼女とともに優しい幸福があるのだ。

彼は静かに微笑む彼女の口元を熱い思いで眺めた。それにかつて口づけしたことを彼はほとんど思い出せなかった。そしてゆったりと無造作に膝の上で輝いている彼女の手に目をやった。ひざまずいてその手に唇で触れることを、あるいは静かにほどかれたその手を取ることをどれほど欲したことだろうか、ほんの一秒、ほんの一秒だけでも！　しかしすでに同室のお喋りな男たちが彼をじろじろと見ており、彼は秘密を守るためにまた黙って背もたれに寄りかかった。再び二人は合図も言葉もないまま向かい合い、ただ視線だけが口づけを交わしていた。

外でホイッスルが鳴り響き、列車はまた動き始め、鋼鉄の揺り籠の単調なリズムが再びゆらゆらと彼を追憶の中へと引き戻した。ああ、あの時と今との間の暗く果てしない年月、海岸と海岸の間、心と心の間にあった灰色の海！　あの日々はいったいどうであったのだろうか。何らかの思い出がそこにはあったが、彼はそれに触れたくなかった、あの最後の別れのひと時を思い出したくなかった、今日彼が胸を膨らませて彼女を待っていたのと同じ街の、あのプラットホームでのひと時を。いや、あれは忘れてしまおう、立ち入らずにおこう、もうそれについては考えまい、あまりにもつらいものだった。さらに、さらに過去へと追憶は羽ばたいていった。別の風景、別の時が、せわしなくゴトゴトと刻む車輪のリズムにさらわれてくるように、夢心地に開けてきた。あのとき彼は心を引き裂かれながらメキシコに行った、そして最初の数か月、彼女から連絡を受け取るまでのぞっとするような最初の数週間を耐えるために、彼は頭を数字と計画でいっぱいにし、馬で地方へ出かけたり探索をしたり、終わりの見えない、しかし断固として最後まで完遂されるべき協議や調査をしたりで、身体を死ぬほど疲れさせておくしかなかった。朝から夜まで彼は、数字を叩《たた》いたり話したり書いたりと休みなく働き続ける工場の機械室に閉じこもったが、聞いていたのは心の中で一つの名前を、彼女の名前を絶望的に呼ぶ声ばかりだった。このあまりにも激しい感情を鈍らせるためだけに、彼は仕事で、また酒や薬で気を紛らわしていた。だが晩になると、どんなに疲れていても机の前に座って、一枚一枚、日中したことを一時間一時間すべて書き記し、震える手で書かれたそれらの紙片をまとめて、郵便収集が来るごとに取り決めていた仮の宛名へ送った。家にいたときと同様に、遠くにいる恋人が毎時間ごとに彼の生活を共にできるように、そして何千マイルの距離、丘陵と水平線とを越えて、彼が昼間した仕事の上に優しい眼差しが安らい、おぼろげにでもそれを知ってくれるのだと感じられるように。彼が彼女から受け取る手紙は、そのことへの感謝を届けてくれた。きちんとした文字、落ち着いた言葉で、情熱を垣間見せながらも形式は抑制されていた。彼女の手紙は嘆くことなく真剣に日々のできごとを物語り、彼はそのしっかりとした青い目が自分へ向けられているかのように感じた。ただそこには微笑だけが欠けていた、あらゆる深刻なものから重さを取り除いてくれる、あの軽やかな慰めの微笑だけが。これらの手紙が孤独な彼にとっての糧となった。それらを彼は、草原や山地の旅に熱い思いで携えていった。鞍の中に専用のポケットを縫い付けてもらい、突然の大雨や、探索の途中で川を渡らなければならなくなったときに濡れてしまわないようにしてあった。あまりにしばしば読んだために、彼はその一言一句を暗唱してしまい、あまりに何度も開いてみたために折り目のところが透けてしまい、いくつかの語は口づけや涙で消えてしまった。時折、一人で誰もいないことがわかっているときに、彼は手紙を取り出して、一語一語を彼女の声の調子で発音し、遠くにいる彼女の存在を魔術的に呼び出してみようとした。一つの単語や一つの文、一つの結語が思い出せないと、夜中に突然起き出して明かりをつけてそれを確かめ、筆跡のうちに彼女の手の似姿を夢見、その手からさらに上って腕や肩や頭を、海と陸とを越えて届けられた全身の姿を夢見ることもあった。そして彼は、原始林の中の木こりのように猛《たけ》り狂う怒りと力を込めて、彼をいまだ脅かしている、荒々しく見通しのきかない時というものに向かって打ちかかっていった。彼女を明るい光のうちに見るのを早くも待ちきれず、帰国の展望を、旅立ちの時を、何千回も幻に見た光景、再び初めてのように交わされる抱擁を待ち焦がれていた。できたばかりの労働者コロニーの、急ごしらえで建てられたブリキ屋根の木造小屋の中で、彼は粗いつくりのベッドの上にカレンダーを掛けていた。そして毎晩、時にはそれも待ちきれず昼に、終わった日のところを線で消して、まだ耐えなければならない日々を示す黒字と赤字の列がどんどん短くなっていくのを何度も数え直していた。帰国まであと四百二十日、四百十九日、四百十八日と。彼は他の人のようにキリストの誕生からの日を数えるのではなく、いつも一つの決まった時、帰国の時までの日を数えていたのだ。その期間が四百日、三百五十日、三百日と切りのいいところに来た日、あるいは彼女の誕生日、聖名祝日、あるいは秘密の記念日——例えば彼女に初めて会った日や初めて彼女が思いを打ち明けてくれた日などには、彼はいつも一種の祝典を催し、周囲の何も知らない人々には驚いて何事かと問われた。彼はメスティーソ[005]の薄汚れた子供たちに小遣いをやり、労働者たちにはブランデーを振舞い、彼らは褐色の野生の群れのように跳び上がって喜んだ。彼は晴れ着を着て、保存してあった最高の食べ物とワインを持ってこさせた。そして旗が歓喜の炎のように、特別に立てられた竿からひるがえった。近所の人々や助手たちがどんな聖人の祝いか、あるいは何か変わった理由があって祝っているのかと知りたがってやってくると、彼は微笑んでただ言うのだった、「君たちは気にしなくていいんだ、一緒に喜んでくれ」と。

　こうして何週間、何か月と過ぎていった。一年が過ぎ、それからさらに半年が過ぎ、決められた帰国の時まであとほんのわずか、七週間を残すのみというところになった。ずいぶん前から彼は度を越えた焦燥に任せてボートでの旅の目星をつけ、百日も前から「アーカンソー」号[006]のキャビンを予約し支払いもしてしまって、手配人を驚かせていた。そこであの破局の日がやってきて、彼のカレンダーを無情にも破り去ったばかりでなく、何百万という運命と思いとを冷酷に引き裂いたのだった。あの破局の日——朝早くに彼は測量技師として二人の人夫頭と共に、この土地で雇った使用人たちの一団を従えて、馬やロバに乗って硫黄色の平地から山地へと登り、マグネサイトがあると見込まれていた新しい掘削地の調査に向かった。二日の間メスティーソたちはハンマーを振るい、掘削し、叩き、探った。太陽は容赦なく垂直に照り付けては、むき出しの石からもう一度彼らに向かって直角に跳ね返った。しかし憑かれた者のように彼は人夫たちを駆り立てた、舌が乾ききっても、ほんの百歩のところに急ごしらえで掘られた水壕へ行くことも自らに許さなかった――郵便局へ戻りたかったのだ、彼女の手紙、彼女の言葉を見に帰りたかったのだ。そして三日目、まだ十分な深さに達せず、試削はまだ完了していなかったが、彼女の便りを求めるどうしようもなく熱い思いに襲われ、彼女の言葉への渇望は途方もないものになってしまった。そのため、昨日の郵便で届いたはずの手紙を取りに行くためだけに、一晩かけて自分だけ馬に乗って帰ることにした。平静を装って彼は他の者たちをテントに下がらせ、召使一人だけを伴って、暗く危険な山道を一晩中馬を走らせて鉄道駅へと向かった。だが翌朝彼らが湯気を立てる馬に乗り、岩山の凍《い》てつく寒さに冷え切った身体でようやく小さな村へ入ると、見慣れない光景に驚かされた。何人かの白人の移住者が仕事を放り出して駅を取り囲み、その周りに叫んだり尋ねたりぼんやりと眺めたりしているメスティーソたちや地元民が渦を巻いていた。興奮して混乱する人混みの中へ突き進んでいくのは骨が折れた。その後役所で彼らは思いもかけない知らせを受けた。岸の方から電報が来て、ヨーロッパで戦争が起こり、ドイツとフランス、オーストリアとロシアが戦っていると。彼は信じようとせず、ふらついている駄馬の脇腹に怒りに任せて鞭を当てたので、驚いた馬は嘶《いなな》きながら立ち上がった。そして政府庁舎へと馬を駆り、そこでさらに暗澹《あんたん》たる報告を聞くことになった。先に聞いた知らせが正しいだけでなく、さらに悪いことにはイングランドも宣戦布告をして、ドイツに対して海は封鎖された。大陸と大陸の間を切り離す鉄のカーテンが下り、いつまで続くかわからないというのだった。

彼は見えないものを殴りつけるかのように、最初の怒りに任せて拳《こぶし》で机を叩いたが、どうにもならなかった。同じようにこのとき何百万という無力な人々が、運命の牢獄の壁に向かって怒りをぶつけていたのだ。すぐに彼は、狡猾《こうかつ》な、あるいは強引な仕方で、運命の動きを封じてヨーロッパへ密航するあらゆる可能性を探った。しかし彼の友人でたまたま居合わせた英国領事が用心深く警告して、今後彼の一挙一動を監視せざるを得ないと示唆した。それで彼は、幾百万の他の人々も抱き、間もなく欺かれることになった希望を、ただ一つの慰めとした。すなわちこんな狂気の沙汰が長く続くはずはない、数週間か数か月もすれば、こんなたがの外れた外交官たちと将軍たちのばかげた悪戯は終わりになるだろうと。この貧弱な安酒のような希望に間もなく、もっと華々しく、もっと強力に気を紛らわしてくれる別の要素が力を加えてくれた。すなわち仕事だ。スウェーデン経由の電報で、彼は本社から、来たるべき接収を防ぐべく会社を独立させ、数人の名義人を擁するメキシコの企業として運営するようにと指示された。これは大変な労力を要する大仕事だった。それでなくても戦争という専制的事業が鉱山から出る鉱石を必要としていたのであり、採掘を加速し、事業を集中させなければならなかった。このために全精力を注ぎ込むことになり、あらゆる自己中心の考えはかき消されてしまった。彼は毎日十二時間、十四時間と狂信的に歯をくいしばって働き、夜は数字という投石機に打ちのめされたように、疲れきって夢も見ずに意識を失いベッドに身を沈めた。

　だが、彼がいまだ心揺らぐことなく感じているつもりだったその頃、張りつめていた情熱はゆっくりと内側からほどけつつあった。ひたすら思い出によって生きるというのは人間の本性ではないのだ。草木でもまたどんな生きものでも、色あせたり、花がしおれて散ってしまったりしないためには、大地の栄養と絶えず新たに注がれる空からの光を必要とするものである。同じように夢というのもまた、一見この世のものではないと思われても、感覚的なものからある程度の栄養を得ること、すなわち愛情のこもった具象的な助力を受けることが必要であり、さもなければその血は凝固し、光力は弱まってしまう。まさにそれがこの情熱的な男にも起こったのだった、自分でそれと気づかないうちに——何週間も、何か月も、そしてついに一年、さらに二年目になっても一度も便りがなく、書かれた言葉も合図も彼女から届かなくなると、次第に彼女の像は陰り始めた。一日一日が仕事に燃え尽きるごとに、思い出の上に少しずつ灰が積もっていった。焼き網の下の赤い残り火のようにまだ熱く輝いてはいたものの、やがてねずみ色の覆いはますます厚く重なっていった。依然として時折手紙を取り出してみることはあったが、インクは色あせてしまい、言葉はもはや心に飛び込んでは来なかった。ある時は彼女の写真を見て、その目の色を思い出せなかったことに愕然《がくぜん》とした。かつてはあれほど貴かった、魔法のように元気を与えてくれた証の品を取り出してみることは、ますます稀になった。いつまでも続く彼女の沈黙に、答えてくれることのない影との無意味な会話に、自分でも知らぬ間に疲れていたのだ。加えて、急速に設立された事業によって人々に出会い、仲間もできており、彼は社交を、友人を、女性を求めた。戦争の三年目に出張で、とあるドイツ人大商人の家を訪ねてベラクルスへ行ったとき、その家の娘と知り合った。物静かでブロンドの髪をした家庭的な娘だった。そこで彼は憎悪と戦争、狂気によって転落していく世界のただ中で、絶え間なく独りでいることへの不安に屈した。彼はすぐに心を決めてこの娘と結婚した。それから子供が一人生まれ、もう一人が続き、恋の忘れられた墓の上に生きた花が咲いた。今や環は閉じられた。外には騒々しい仕事があり、内には家庭の安らぎがあった。かつて自分であった人間のことを、彼は四年か五年の後には何もかも忘れてしまった。

ただ一度、轟音《ごうおん》を立てる嵐のような日がやってきた。その日電報ケーブルに電流が走り、街じゅうの道という道でいちどきに叫ぶ声が、拳ほど大きな活字が、ついに和平が結ばれたという報せを呼びまわっていた。土地のイギリス人やアメリカ人らは窓という窓からなりふり構わず歓呼の声をあげて、彼の故国が壊滅したことを祝っていた。この日彼は、まさに不幸のうちにあって再びいとしいものとなった自分の国への追憶に心引き裂かれていたが、その胸のうちにかの姿も再び立ち上がり、避けようもなく彼の想いの中へと歩み入ってきた。彼女はどうしていたのだろうか——当地では新聞が気楽な冗漫さで、ジャーナリズム特有の無遠慮な熱心さをもってくどくどとからかうように言い立てていた、その悲惨と欠乏の年月のあいだ。彼女の家、彼のものでもあるあの家は、反乱者や暴徒に襲われてはいないだろうか、彼女の夫は、息子は、まだ生きているだろうか？　真夜中に彼は寝息をたてる妻の傍らから起き出し、明かりをつけて、五時間かけて夜が明けるまで、いっこうに終わろうとしない手紙を書いた。その中で彼は彼女に、独り言のように自分に向かって話しながら、この五年間の自分の生活をことごとく語った。二か月後、すでに自分の手紙のことを忘れてしまった頃に、返事が来た。ためらいながら彼はかなりの厚みを持った封筒を手に持ってみた。深く親しんだ筆跡だけでもそれは心をかき乱すものだった。パンドラの箱よろしく、あたかもこの閉じられた封筒の中に禁じられたものが入っているかのように、彼はなかなか封を破る勇気が出せなかった。二日の間彼は手紙を開けないまま胸のポケットに入れていた。時折心臓がそれに逆らって鼓動するように感じた。しかしとうとう手紙を開けたとき、一方でそれは親密さをもって迫ってくることはなかったものの、冷たく形式的ということもまったくなかった。穏やかな筆跡で書かれたこの手紙は偽りなく、あの頃から彼を大いに幸福にしてくれた、あの優しい好意を放っていた。彼女の夫は戦争が始まって間もなく亡くなっていたが、彼女はそのことを敢えて嘆くまいと思うほどである、なぜなら会社が傾き、街が占領され、あまりに早く勝利に陶酔した同胞たちが惨めな思いをするのを見ずに済んだからだと述べていた。彼女自身と息子は元気にしており、彼がうまくいっていて、自分の方よりも良い報告をもらえたことを嬉しく思うと。彼の結婚を彼女は明瞭で正直な言葉で祝福していた。無意識に彼は不信の念をもって耳を傾けてみたが、いかなる隠された抜け目ない裏の意味も、彼女のまっすぐな言葉を濁らせてはいなかった。すべては純粋な言葉で、これ見よがしの誇張もなければ、センチメンタルな感激もなく、過ぎ去ったすべてのことは今も変わらない思いやりのうちにすっきりと溶け去り、情熱は明るく澄みきって友情へと結晶していた。彼女の気高い心からこれと違ったものを予期したことは決してなかったとはいえ、まじめでありつつも微笑を浮かべて善意の光に照り返された、この明快で確かなありようを感じて（彼は突然彼女の目を再びのぞき込むような気がした）、彼は感謝の念に胸を打たれた。すぐに彼は机につき、彼女に長く詳細な手紙を書いた。長い間欠けていた現在の生活についての報告が、再び互いの了解のもとに始まった。一つの世界が大嵐に見舞われようとも、この点においては何も破壊することができなかったのだ。

深い感謝の念とともに、彼はいまや、自分の人生が明瞭な形を結んだのだと感じた。出世に成功し、事業は繁栄し、家ではか弱い花のようだった子供たちが次第に言葉を発し、可愛らしい目をして戯れるようになり、彼の夕べの時間を楽しいものにしてくれた。そして過去からは、あの夜も昼も苦悶《くもん》のうちに恋い焦がれていた燃えるような青春の日々からは、ただ一つの光だけが残されていた——いかなる要求も危険もない、静かな良き友情の光だけが。それゆえ二年後に彼がアメリカの会社の委託で、ベルリンで化学関係の特許について交渉するためにドイツを訪れたとき、かつての恋人で今は友人となった女性に近くへ来た挨拶をするというのは、まったく当然の思い付きであった。ベルリンに着くや彼がまずしたのは、ホテルからフランクフルトに電話を繋いでもらうことだった。この九年間電話番号が変わっていなかったことが彼には象徴的に思われた。いい兆候だと彼は考えた、何も変わっていないということだ。テーブルの上で無遠慮に電話機のベルが鳴り、何年もの時を経て再び彼女の声を聞くという予感に、突然彼は震えた。野を、畑を、家々と煙突の群れとを一気に飛び越えて、彼の鳴らすベルによって呼び出され、この年月、海と陸の何マイルもの隔たりを越えて近づくのだ。彼が名前を告げ、不意を突かれた驚きのあまり彼女が叫んだ「ルートヴィヒ、あなたなの？」という声が彼に向かって、まず待ち構えていた聴覚に迫り、そして突然血をせき止められた心室へと鼓動しながらなだれ込んだ。そのとき何かが彼を不意に火の中へ突き入れた。彼は話を続けるのに苦心し、軽い受話器が手の中で震えた。この彼女が示した驚愕の明るく飛び上がるような調子、溢れる歓喜の声音、それが彼の人生の隠れた急所に命中したに違いなかった。血がこめかみのところでうなるのを感じ、彼女の言葉を聞き取るのに苦心した。そして自分でも知らず知らず、そうするつもりもなかったのに、誰かにささやかれたかのように、彼は自分でもまったく言うつもりのなかったことを約束してしまった——明後日フランクフルトへ行くと。それと共に彼の平穏は去ってしまった。熱に浮かされたように彼は仕事を片付け、車を乗り回して交渉を二倍の速さでととのえた。翌朝目が覚めてその夜の夢を思い起こしてみて、彼は久方ぶり、四年ぶりにまた彼女の夢を見たことに気づいたのだった。

二日後、電報で報せを送ってから、凍えるような夜を過ごした翌朝に彼女の家へ近づいていたとき、彼は自分の両足を見てはっとした。これは自分の歩き方ではない、メキシコにいたときの、まっすぐに前を向いて進んでいく確かな歩みではない。なぜ自分は今またあのおずおずと不安げな、二十三歳だったあの時の青年のように歩いているのだろうか。着古した上着を恥じながら、震える指でいま一度埃《ほこり》を払い落として、真新しい手袋をはめてから呼び鈴に手をやった、あの時のように。なぜ急に心臓が高鳴るのか、なぜうろたえているのか。あのとき不思議な予感がして、運命が自分をとらえるべくこの銅の扉の向こうに潜んでいるような気がした、甘美に、あるいは邪悪に。だが今日、自分はなぜ身をかがめているのか、自分の中に確立されていたものがことごとく、膨らんでいく不安によって溶かされてしまっているのはなぜなのか。彼は気を取り直そうとして、妻や子供たち、家や事業、異国の地のことを思い出そうと努めたものの、むなしかった。幽霊じみた霧に運び去られてしまったかのように、そうしたものすべては霞んでいた。彼は自分がひとりぼっちで、いまだに乞い求める者として、不器用な少年のように彼女に近づこうとしているのを感じた。金属のドアノブに手をかけたとき、その手は熱を帯びて震えていた。

しかし家に踏み入るや、よそよそしい感覚は消え去った。老従僕はすっかり痩せて皺《しわ》だらけになっていたが、目に涙を浮かべんばかりの様子だった。「博士様」と彼はむせび泣きそうになるのを抑えて、声を詰まらせながら言った。オデュッセウス[007]のようだ、と彼は心動かされながら考えずにはいられなかった。家の犬たちは自分をそれと認めてくれたが、女主人はどうだろうか？ しかしすぐにカーテンが開けられ、両手を広げて彼女がこちらへ向かってきた。手が互いの手の中にあった一瞬の間、二人は見つめ合った。短く、しかし魔法のように満たされたそのひととき、二人は比較し、観察し、探り、燃えるように思案を巡らし、恥じらいと共に幸福を覚えつつ、幸福な気持ちを隠すようにまた視線をそらした。それからようやく疑念は微笑みとなって溶け去り、視線は親しい挨拶となってほどけた。たしかに彼女のままだった、もちろん少し歳は重ね、ひと房の白髪が、今も変わらず同じように分けられた、ただ一段と落ち着いた色合いになった髪に混じり、その銀の光は穏やかで心地よい顔をいっそうまじめなものにしていた。そして微かな訛《なま》りによってますます懐かしく感じられる彼女の優しい声を味わいながら、彼はこの果てしない年月の間、いかに渇望を覚えていたかを自覚した――その声で彼女は挨拶した。「来てくださって嬉しいですわ」

それは純粋で屈託のない、あたかもフォークの打ち鳴らされた響きのような声音であった。こうして会話が自然に進み始めた。質問と語りとが鍵盤の上の右手と左手のように、曇りなく鳴りながら行き交った。妨げになっていた重苦しさや当惑のすべては、彼女が現れて最初の一言と共に消え去った。彼女が話している間は、彼の思考は完全に彼女に従っていた。しかし彼女がふと心をとらわれて考えながら黙り込み、思案するように伏せられた瞼《まぶた》が目を隠してしまうと、突然彼の心を影のような問いがすばやくかすめるのだった――「これは自分が口づけした唇ではないか？」と。また彼女がひととき電話で呼び出され、彼を部屋に一人きりにすると、過ぎ去ったものがそこらじゅうから彼に向かってぶしつけに押し寄せてきた。彼女の存在がはっきりと座を支配している間は、この不確かな声はおとなしくしていたが、いなくなってみるとどの椅子も、どの絵も声なき唇を持ったかのようで、あらゆるものが彼に向かって、耳には聞こえないささやき声で話しかけてきた——彼にしかわからない形で、しかしはっきりと。この家に自分は暮らしていたのだ、と彼は考えずにいられなかった、自分の一部がここに残っていた、あの年月から残してきたものが。自分はまだ完全に向こう側へ行ってはいない、完全に自分の世界に生きてはいないのだ。彼女が快活で自然な様子で部屋へ戻ってくると、物たちはまたおとなしくなった。「お昼までいらっしゃるでしょう、ルートヴィヒ」と明るく、当然のような調子で彼女は言った。そして実際彼はとどまった、一日じゅう彼女のもとにとどまり、二人は話しながら過ぎ去った年月を共に振り返った。ここで物語ることによって初めてそれが本当に真実になったかのように彼には思われた。ようやくいとまを告げ、彼女の母性的な優しい手に口づけをして扉を背後で閉めたとき、彼はここを離れていたことなどなかったかのような心地がした。

しかし夜になじみのないホテルの部屋で一人になると、時計の針の音だけが傍らで響き、胸の中ではそれよりさらに激しく心臓が鼓動し、穏やかな感情は消えてしまった。彼は眠ることができず、起き上がって電気をつけてはまた消し、やはり眠れぬまま横になっていた。始終彼は彼女の唇のことを考えずにはいられなかった、そして自分がそれを、こんなふうに穏やかに話をするような親密さとは別の形で知っていたのだということを。突如として彼は、二人の間で交わされた平静なお喋りは何もかも嘘だったのだと悟った。二人の関係には何かまだ未解決のまま解かれていないものがあるということ、彼らの友情なるものはまったくもって、緊張して動揺し、不安と情熱に乱れた顔の上に無理やり被せられた仮面でしかないということを。あまりにも長い間、あまりにも多くの夜々、海の向こうでかがり火をたいた小屋の中で、あまりに長い年月、あまりに多くの日々、彼はこの再会を違ったふうに思い描いていた——互いの胸に飛び込み、燃えるような抱擁を交わし、ことごとく与え尽くし、ドレスをはだけて——こんな友人のような、丁重に言葉を交わして無事を確かめ合うだけの再会になろうとは思っていなかったのだ。互いに相手に対して俳優であるようだ、と彼は思った、しかしどちらも相手を欺くことはできていない。彼女も自分と同じくらい眠れていないはずだ。

　そうして翌朝彼が彼女のもとへ行ったとき、彼女には彼の態度の抑えのきかない浮ついた様子、避けるような視線がすぐに目についたに違いなかった。彼女の最初の言葉はすでに動揺しており、その後の会話でも屈託ない落ち着きを取り戻すことはできなかった。二人のやり取りは高く跳ね上がっては転落し、沈黙や緊張感を無理やりの一押しで取り除かなければならなかった。何かが二人の間に立っていて、まるで蝙蝠《こうもり》が壁に衝突するように、発せられる問いと答えはその何かにぶつかっていた。そして二人とも、互いに何かをよけるように、あるいは何かに触れないように話しているのを感じていた。こうして慎重に言葉の環を描いてめまいがするほど回り続けた末に、二人の対話には疲労の色が表れた。彼は折よくそれに気づき、彼女が今日も昼食に招待してくれたのを、街で急ぎの会議があるのを口実に断った。

　彼女は非常に残念がり、まさにこれを機におずおずとした温かな親密さがその声に戻ってきた。しかしそれでも、彼女は本気で彼を引き留めようとは敢《あ》えてしなかった。彼女が彼を外まで送っていく間、二人は落ち着かなげに互いから目をそらした。何かが神経の中できしんでおり、何度となく会話は見えない何かに引っかかってつまずいた。それは部屋から部屋へ、言葉から言葉へと付きまとい、いまやすっかり巨大なものとなって呼吸を圧迫していた。それゆえコートを着てドアのところに立ったときにはほっとした。しかし不意に彼は心を決めて振り返った。「行く前にまだお願いしたいことがあったのです」「お願いですって、もちろん」彼の願いを叶えられるという喜びに目を輝かせて彼女は微笑んだ。

「ばかげたことかもしれないけど」彼はためらいがちな眼差しで言った、「でもきっとあなたはわかってくれるでしょう、あの部屋をぜひもう一度、見たかったのです、私の、二年間住んでいたあの部屋を。私がいたのはずっと下の階の応接間で、よその人のための部屋でした。それで、今帰るとなったら、家に戻ってきていたという気が全然しないと思うのです。歳をとってくると、自分の青春を探し求めて、そのささやかな思い出につまらない喜びを覚えるものですから」

「あなたが歳をとったですって、ルートヴィヒ」と彼女はほとんど高揚した調子で答えた、「そんな風に格好をおつけになるなんて。それより私をごらんなさい、ここにこんな白髪が生えて。私に比べたらあなたはまだ少年のようなものなのに、もう歳のことを言おうとするの。そんなことは私に任せておいてくださいな。それはそうと私も忘れっぽいこと、あなたのお部屋へすぐにお連れしなかったなんて。今でもあなたのお部屋なのよ。見ていただければわかるわ、何も変わっていません。この家の何ひとつとして変わっていないのです」

「あなたもそうだといいですけど」と彼は冗談にしようとしたが、彼女が彼を見つめると、彼の眼差しは思わず愛情と温かみを帯びた。彼女は少し赤くなった。「歳をとっても、自分であることには変わりないわ」

二人は彼の部屋へ上がっていった。足を踏み入れるときに早くも、少々気まずいことが起こった。彼女はドアを開けながら一歩下がり、彼を前へ通そうとしたが、互いに譲ろうとして同時に動いたために、ドア枠の中で二人の肩が軽くぶつかった。二人とも思わずびくっとして引き下がったが、こうしてほんの少し身体と身体が触れただけで、途方に暮れてしまった。言葉もなく、麻痺させるような当惑が二人を包んだ。物音のしない無人の部屋でそれは二倍にも強く感じられた。神経質に彼女は窓の方へ急いでいき、カーテンを開け、物たちがいわば身をひそめている暗闇に、より多くの光が射すようにした。しかし突然注ぎ込んできたどぎつい光に、そこにあるものすべてが急に視線を向けられて、驚いて不安げに動き出したかのようだった。あらゆるものが物言いたげに進み出て、何らかの思い出を押しつけがましく語り始めた。こちらの戸棚は、彼女の手がいつも密かに彼のために注意深く調えてくれていたものであり、あちらの書架は、いつも彼のちょっとした願いに合わせて賢明に満たされていたものだった。もっと生々しく語るのはベッドで、そこに広げた毛布の下に、彼は数えきれないほどの彼女の夢をうずめたのだった。あそこの角には――熱い思いが彼に迫ってきた――、あの日彼女が彼から身をもぎ離したあのオットマンがあった。いまや火のついた情熱に燃え上がるような思いで、あらゆるところに彼は彼女からのしるしとメッセージを感じた。いま彼の隣に立って静かに呼吸している彼女、無理やりによそよそしい態度で、とらえがたく視線をそらしながら。そして何年も前から息苦しく閉ざされてこの部屋に安らっていた沈黙が、人間がやってきたことに驚いて勢いよく膨張し、気圧のように肺に、そして押さえつけられた心臓にのしかかった。何か言われなければならない、何かがこの沈黙を破らなければならない、窒息してしまわないうちに——二人ともそれを感じた。彼女がそれをした——不意に振り返りながら。

「ねえ、何もかもすっかり昔のままでしょう」と彼女は何かどうでもいい、無邪気なことを言おうという強い意志をもって口を開いた（それでもその声はかすれて震えていた）。しかし彼はその慇懃《いんぎん》な会話の調子を受け入れず、ぐっと歯を嚙《か》みしめた。

「ええ、何もかも」と、その歯の間から、突然湧き上がってきた憤懣《ふんまん》が激しく飛び出した。「何もかも昔のまままです、でも私たちはそうじゃない、私たちだけは！」

この言葉は嚙みつくように彼女に襲い掛かった。ぎょっとして彼女は振り返った。

「どういうこと、ルートヴィヒ」しかし彼の視線は見当たらなかった。彼の目は今、彼女の目をとらえてはおらず、黙ったままぎらぎらと彼女の唇を見つめていたのだった。何年も何年も触れていなかった、しかしかつて彼の肉体のもとで肉と燃えた唇、彼が感じた、しっとりとしてその中は果実のようであったその唇を。

当惑しつつ彼女は、彼の眼差しに宿る官能を理解した。彼女の顔に赤みがさし、それが彼女を不思議に若返らせて、彼の目にはあの日別れのときにこの部屋にいた彼女と同じであるかのように見えた。この吸い付くような危険な眼差しを寄せつけまいとして、彼女は見まがいようのないものをわざと誤解してみせようとした。

「どういうこと、ルートヴィヒ」と彼女はもう一度繰り返したが、それは答えを求める問いというよりは、思いを打ち明けないで欲しいという懇願であった。

そこで彼は決然とした動きを示し、男としての力強さでその視線が彼女の視線をとらえた。「あなたはわからないふりをしているけど、ちゃんとわかっているはずです。この部屋を覚えていますか――それにあなたがこの部屋で約束したことも、覚えていますか。私が戻ってきたら――」

彼女の肩は震えていたが、依然としてかわそうとしていた。「やめましょう、ルートヴィヒ……昔のことよ、それには触れずにおきましょう。時間はどこへ行ったの」

「時間は私たちの中にあるのです」と彼ははっきりと言った、「私たちの意志の中にあるのです。私は九年間唇を噛みしめながら待っていた。でも何一つ忘れはしなかった。そしてあなたに聞いているのです、まだ覚えていますかと」

「ええ」と彼女は少し落ち着いて彼に目を向けた。「私も何一つ忘れてはいないわ」

「それであなたは」と彼は、言葉にもう一度力を込めるために息を吸わなければならなかった、「あなたはそれを果たしてくれるのですか」

再び赤みが差し、髪の下まで染めた。彼女はなだめるように彼に歩み寄った。「ルートヴィヒ、よく考えてくださいな。あなたは何一つ忘れてはいないとおっしゃったわね。でも忘れないで、私はもうほとんど年寄りなのよ。白髪になってもう求めるものなどないし、もう何も差し上げられないわ。お願いですからそれは昔のことにしておいて」

だがここで決然と頑《かたく》なになることが、彼にはほとんど快楽のようになっていた。「逃げるのですね」と彼は迫った、「でも私は本当に長く待っていたのです。答えてください、約束を覚えていますか」

彼女の声は一語ごとに揺らいだ。「どうしてお聞きになるの。それを今あなたに言ったところで何にもならないでしょう、もう何もかも遅すぎるというのに。でもあなたの求めることならお答えします。あなたに対して拒むことはどうしてもできない、いつだってあなたのおっしゃることは聞いてきたのだわ、出会った日からずっと」

彼は彼女を見つめた。心乱れるときにさえなんとまっすぐで、なんと率直で真実なことか、臆することなく、逃げることなく、いつも変わらない、いとしい彼女だった――どんな瞬間にも見事に身を守り、閉ざされていながら開かれもていた。思わず彼は彼女に歩み寄ったが、彼の動きの性急さに気づくや、彼女はすぐに懇願しつつそれをかわした。

「行きましょう、ルートヴィヒ、ここにいるのはやめて下へ降りましょう。もうお昼だし、いつ小間使いが私を探しに来るかわからないから、これ以上ここにいてはいけないわ」

こうして彼女という人の持つ権力に彼の意志は抗いようもなく屈し、彼はあのときと同じように何も言わず彼女の言葉に従った。二人は応接間に降り、廊下を通って玄関へやってきたが、その間一言も敢えて口にせず、互いを見ることもなかった。扉のところで彼はぱっと振り返って彼女に向き合った。

「今あなたに話すことはできない、許してください。手紙を書きます」

彼女は感謝とともに微笑みかけた。「ええ、書いてちょうだい、ルートヴィヒ。その方がいいわ」

ホテルの部屋に戻ってくるや否や、彼は机の前に座って彼女に長い手紙を書いた。一語ごと、一枚ごとにますます逃れようもなく、突如として迸《ほとばし》りだした熱情に引き裂かれるままに。この日を最後にドイツにはもう何か月も来ないかもしれない、何年も、あるいはもう永遠に来ないかもしれない。あのような冷たい会話の欺瞞《ぎまん》、無理やりに上品ぶってただ一緒にいるだけという不誠実をもって彼女から去ることを望まないし、またできもしない。彼女ともう一度話したい、話さなければならない、二人きりで家から解放されて、見張られ邪魔される部屋での不安や記憶、陰鬱さから解き放たれて。そして彼は、晩の列車でハイデルベルクへ同行しないかと彼女に提案した。ハイデルベルクに二人は十年前に一度、短期間滞在したことがあったのだ。

その頃はまだお互いよそよそしかったが、それでも内面の近しさを予感して心動かされていた。今度はこれが別れになるだろう、彼がまだ欲している、最後のもっとも深い別れ。この一晩、この一夜を彼は彼女に求めたのだった。慌ただしく彼は手紙に封をして、使者をやって彼女の家へ届けさせた。十五分後に早くも使者は、黄色の封印をした封筒を手に戻ってきた。震える手で彼は封印を開けた。入っていたのは一枚の紙片だけで、彼女のしっかりとした迷いのない文字で数語だけが書かれていた、性急に、しかし力強く。
「あなたが求めているのはばかげたことです。でもあなたの望みを断ることは今までもできなかったし、決してそうするつもりもありません。行きます」

列車は速度を落とし、灯にほの光る駅がその走りを引き留めた。夢見ていた彼の眼差しは物思いから覚めて身を起こし、夢に見ていたあの姿を、彼の方へ向けられた、薄明かりの中に安らうその姿を再び見出そうと求めて乗り出した。彼女はたしかにそこにいた。変わらず誠実な、静かな愛に満ちた彼女、彼女は来てくれた、彼とともに、彼のもとへ――彼女が手の届くほど近くにいてくれるという事実を、彼は何度となくいとおしんだ。そして彼女の中の何かが、この探し求める彼の眼差し、離れたところから恥ずかしげに愛撫する眼差しを感じたかのように、彼女は起き上がってガラス越しに外へ目を向けた。見たことのない景色が湿った春の暗闇の中を、煌《きら》めく水のように通り過ぎて行った。

「もうすぐ着くはずね」と彼女は独り言のように言った。

「ええ」と彼は深く溜息《ためいき》をついた、「長かったですね」

このもどかしげにうめくような言葉で列車の旅のことを言ったのか、それともこの時に至るまでの長い年月のことを言ったのか、彼自身にもよくわからなかった。夢のようなことと現実との混乱が彼の心を波立たせた。彼はただ、自分の足元でうなる車輪が何かに向かって、何らかの瞬間に向かって走っていることを感じていたのだが、何か奇妙にぼんやりとしていて、それをはっきりさせることはできなかった。いや、そのことは考えないようにしよう、見えない力に深々と運ばれるままになっていよう、何か秘められたものに向かって、何の責任もなく、身体の緊張を解いて。それは花嫁の抱く期待のように、甘美で官能的で、それでいて暗くかき乱されてもいた――実現されることへの不安によって、そして限りなく憧れていたものが突然生身のからだで、驚いている心に向かって迫ってくるときの、あの神秘的な震撼によって。否、今は何も考えまい、何も望まず、何も求めず、ただこのまま、夢見心地に未知なるもののうちへと引きさらわれ、見知らぬ流れに運ばれていくのだ。触れ合うことなくしかし互いを感じながら、求め合いつつ互いに届かないまま、運命のうちへとすっかり放り込まれては、また自分の世界へとはめ戻される。このままあと何時間も、いつまでも、こうして続く薄明の中で永遠に、夢に包まれたままでいたい――そうしているうちにも、微かな不安が差すようにして、これはもうすぐ終わってしまうのだという考えが浮かぶのだった。

だがその時、そこここで蛍のように、あちらでもこちらでも谷の中に電気の閃光《せんこう》が次第にまぶしく煌めき、灯がまっすぐ二列になって光り、線路がガタガタと激しく鳴り、闇の中からもやを少し明るく照らす青ざめた丸屋根が姿を現した。

「ハイデルベルクだ」と、紳士の一人が立ち上がりながら他の二人に言った。三人とも膨らんだ旅行鞄を取り出して、早く出口に行こうと急いで客室から出て行った。すでにブレーキのかかった車輪がつまずくような音を立ててホームに入っており、激しいひと揺れがあり、つまずいたように動きは止まって、最後に車輪が痛めつけられた獣のようなひと声を上げた。少しの間、唐突な現実に愕然とするように、彼らは二人きりで向かい合って座っていた。

「もう着いたのかしら」期せずしてその言葉は不安げに響いた。

「そうですね」と彼は答えて立ち上がった。「手伝いましょうか」彼女は拒絶して、急いで先を行った。しかし客車の踏み段のところで彼女は今一度立ち止まった。冷たい水を前にしたように、一瞬下りていく足がすくんだ。それから彼女は思い切って進み、彼は黙ってついていった。そして二人はしばしプラットホームに並んで立っていた、どうすることもできず、よそよそしく、ばつの悪い気分で。小さな旅行鞄がずっしりと彼の手の中で揺れていた。不意に傍らの列車が再びぎしぎしと音を立てて、どぎつく蒸気を吐き出した。彼女はびくっとして、それから青ざめて彼を見つめた。その目は混乱して不安げだった。

「どうしました？」と彼は尋ねた。

「残念だわ、とても素敵だったのに。こんなふうに旅してくるのが。まだ何時間でも乗っていたかったわ」

彼は黙っていた。彼もこのときまさに同じように考えていた。しかしそれは終わってしまったのだ。何かが起こらなければならなかった。

「行きませんか？」と彼は慎重に尋ねた。

「ええ、ええ、行きましょう」と彼女はほとんど聞き取れないような声で呟《つぶや》いた。しかし二人はそうしながらも、少し離れて並んで立ちつくしたままだった。まるで何かが彼らの中で壊れてしまったかのように。それからようやく――彼は彼女の腕を取ることを忘れていた――二人はためらいがちに、困惑しつつ出口へと向かった。

二人は駅舎から外へ出たが、ドアをくぐるや否や、嵐のようにうなる音が彼らに向かってきた。太鼓の破裂音、笛の甲高い響き、ずしんずしんと鳴りわたる騒音――在郷軍人会と学生たちによる愛国デモだった。動く壁のように四列ずつになって、旗を掲げ、軍服を着た男たちが轟音と共に脚を高く上げて行進していた、まるでただ一人の人間のようにぴたりと調子を合わせて、首筋を硬くそらし、荒々しく決然として、口を大きく開けて歌を歌っていた。一つの声、一つの足音、一つの調子[008]。列の先頭には将軍たちがいた、白髪の高官たちで、勲章をいっぱいに付けており、彼らの側面を固める若い兵士たちは筋骨たくましくがっしりとして、巨大な旗を垂直に立てて持っていた。髑髏《どくろ》、鉤《かぎ》十字、旧帝国旗を風にはためかせ、胸を張り、顎を突き出して、まるで敵の砲列に向かっていくかのようだった。拍子をとる拳に押し出されるように、幾何学的に、統制をとってこの集団は行進していった。コンパスのように正確に距離を保ち歩幅を守りながら、あらゆる神経は真剣に張りつめられ、顔には威嚇《いかく》するような眼差しがあった。一段高くなった演台では、見えない金床に鋼を叩きつけるように粘り強いリズムで太鼓が鳴らされ、新たな列——退役軍人や若者、学生たち——がその前を通る度に、頭の群れの中を一斉に軍隊らしくぴしりとした動きが走った。一つの意志のもとに一つの動きとなってうなじが投げかけられ、先頭の旗から紐《ひも》がついて引っ張られたようにぴくっと動いた。旗の後ろには、石のような顔で厳格に民間人の行進を見分している先導者がいた。髭のない者、産毛の生えた者、皺の刻まれた者、労働者、学生、兵士、少年、その全員がこの瞬間には厳しく決然とした怒りの眼差し、反抗的に突き出した顎、そして見えない剣を握る仕草によって、皆そっくりの顔になっていた。隊また隊と、その単調さによって二倍にも扇動的に鳴りわたる太鼓の拍子に打たれてその背筋は張り、目は厳しくなった——戦争と復讐《ふくしゅう》の見えない鍛冶場が、この平和な広場で、穏和な雲が甘美に流れる空に向かって聳えているのだった。

「狂気の沙汰だ」と彼はめまいを覚えながら呆気《あっけ》にとられてひとりごちた、「狂気の沙汰だ！　奴らは何を求めているんだ？　もう一度なのか、もう一度やろうというのか？」

もう一度あの戦争をしようというのか、彼の人生のすべてをめちゃくちゃにしたあの戦争を？　経験したことのない戦慄を覚えつつ、彼はこの若者たちの顔を見やり、この黒い塊となって進んでいく四列に並んだ集団にくぎ付けになった。正方形の映画フィルムのように、それは暗い小箱を思わせる狭い小路から転がり出て、彼がとらえたどの顔も同様に断固とした憤怒《ふんぬ》にこわばっていた、一つの威嚇、一つの武器であった。なぜこのような威嚇がこの穏やかな六月の夕べに、ガチャガチャと音を立てながら引き出されてきたのか、なぜ友好的に夢に落ちていこうとしているこの街に向かって打ちつけられているのか？

「何を求めているんだ？　何を求めているんだ？」依然としてこの問いが彼の喉を締めつけていた。ついさっきまで彼は、世界がガラスのように澄んで明るく鳴り響くように感じていた、優しさと愛に満たされ、好意と信頼の旋律に包まれていた。それが突然この鉄のように冷酷な集団の行進がすべてを踏みにじってしまったのだ、武装した幾千の声、幾千の姿、しかしその叫びと視線においてはただ一つのものを呼吸しているのだった、憎悪、憎悪、憎悪。

思わず彼は彼女の腕をつかんだ、何か温かなものを感じたかった、愛、情熱、好意、同情、気を落ち着けてくれるような柔らかな感覚を求めていた。しかし太鼓の音が彼の内面の静寂を真っ二つに叩き割り、何千という声のすべてが一つの聞き取りがたい戦争歌となってとどろき、調子を合わせた足踏みに大地が揺れ、空気は巨大な集団があげる突然の万歳の叫びに爆発した。彼の心のうちで繊細に響いていた何かが、この暴力的な、やかましく迫ってくる現実の轟音によって打ち砕かれてしまったかのように思われた。

横から軽く触れられて彼はびくっとした。手袋をはめた彼女の指が、そんなに荒々しく拳を握らないでと優しく注意を促すように、彼の手に触れていた。そこで彼はくぎ付けになっていた視線を振り向けた――彼女は言葉もなく懇願しつつ彼を見た、彼はただ腕がそっと急《せ》き立てるように引かれるのを感じた。

「ええ、行きましょう」と彼は気を取り直しながら呟き、見えない何かに対して身を護るかのように肩をそびやかした。暑苦しく押し合う人々の塊が、彼自身と同様に言葉もなく呪縛されたがごとく、間断ない軍団の進撃を見つめており、それを彼は無理やり押しのけながら通り抜けた。どこへ向かおうとしているのか自分でもわからなかった、ただこの荒れ狂う喧噪から逃れたかった、ここから、この広場から、この騒がしいすり鉢が容赦ない調子で、彼の中のあらゆる静かなもの、夢見るものをすりつぶしてしまうこの場所から。とにかくここを去りたい、彼女と二人きりになりたい、暗闇に包まれ、何らかの屋根の下で、彼女の吐息を感じたい、十年来初めて誰にも見られず、邪魔されずに彼女の目を見たい、二人きりでいることを味わい尽くしたい、数知れぬ夢の中で誓ってきたように。それはいまや、叫びと足音を立てながら次々におのれ自身を踏み越えていく、この渦巻く人の波によってほとんど押し流されそうになっていた。彼の視線は落ち着きなく建物のひとつひとつへと向けられた、どの建物にも旗が掲げられていたが、いくつか金文字で屋号が書かれているものがあり、その中には宿屋もあった。突如として彼は小さな旅行鞄が手の中で微かに促すように引っ張るのを感じた。どこかで休むのだ、落ち着くのだ、二人きりで！　少しばかりの静寂を買うのだ、何坪かの空間を！　あたかも答えを与えるように、高い石造りのファサードに、金に輝くホテルの名前が飛び込んできて、二人の前にガラスの正面玄関が聳えていた。彼の歩幅は小さくなり、呼吸は細くなった。はっとしたように彼は立ち止まり、無意識に彼女の腕から自分の腕をほどいた。「これは良いホテルらしい、勧めてくれた人がいるのです」と彼は神経質に、きまり悪そうに嘘を言った。

彼女はびくっとして後ずさりし、青白い顔に赤みがさした。彼女の唇が動いて何かを言おうとした――もしかすると十年前と同じように、心乱れた「今はだめ！　ここではだめ」という言葉だったのだろうか。

しかしそこで彼女は自分に向けられた彼の視線を、不安げでうろたえて、ぴりぴりとした眼差しを見た。そこで彼女は何も言わずに同意のしるしに頭を垂れ、自信なげな小さな足取りで彼に従っていき、入り口の敷居をまたいだ。

ホテルのフロントには、色鮮やかな帽子をかぶって、船の責任ある見張り台に立つ船長のようにもったいぶった様子の係員が、仕切りで隔てられた向こうにぶらぶらと立っていた。ためらいながら入ってきた二人に対して、この男は一歩も歩み寄ろうとせず、ちらりと見て早くも軽蔑するような、さっと値踏みするような視線を小さな鞄に走らせただけだった。男は待っており、こちらが近寄っていかなければならなかった。すると男はいきなり熱心に、広げられた大きな帳簿のページで忙しく仕事をしているように見せた。宿泊希望者が目の前に来てようやく、男は冷ややかな視線を上げて、事務的に厳しく「ご予約されていますか」と確かめた。ほとんど罪悪感さえ覚えながらの否定に対する男の返答は、もう一ページ帳簿をめくることだった。「恐れ入りますが満室です。今日は軍旗授与式があったので、しかし——」と彼は寛大ぶって付け加えた、「何とかできるか、見てみましょう」

この格好をつけた下士官根性の男の面を殴りつけてやりたい、と侮辱された彼は憤慨して思った。十年前以来初めてまたここで乞食《こじき》のように、慈悲を求める侵入者となるとは。しかしその間に例のもったいぶった男は、仰々しい調べものを終えていた。「二十七号室がちょうど空きました。二人部屋ですが、ご検討ください」鈍い恨みを覚えながらすばやく「それでいいです」と答えるほかにどうしようもなかった。はやる手がすぐさま差し出された鍵を受け取り、この人間と自分たちとの間に物言わぬ壁を得られるのを早くも待ちきれない気分だった。そのとき後ろから「記帳をお願いします」という厳しい声が迫ってきて、長方形の紙が差し出された。十か十二の欄に区切られていて、彼はそれを埋めなければならなかった、身分、名前、年齢、出身、住所と生地、生きた人間に対する役所の厚かましい質問[009]だった。不愉快な仕事は手早く片付けられた。ただ彼女の名前を書き入れるときに、彼の配偶者と偽った（それはかつて密かに願っていたことだったのだが）ときだけ、軽い鉛筆が彼の手の中でぎこちなく震えた。「ここに滞在日数も」と無慈悲な男は書かれたものを確かめてから、肉付きのいい指でまだ埋まっていない枠を示した。「一日」と憤慨しつつ鉛筆は記した。彼はすでに興奮して額が汗ばむのを感じ、帽子を脱がずにはいられなかった、このよそよそしい空気がひどくのしかかってきたのだった。

疲れ切った彼が脇へ目をやると、礼儀正しく熱心なボーイがすばやく駆け寄ってきて「二階の左手です」と説明した。しかし彼は彼女を探していただけだった。彼女はこの一連の手続きの間、つとめて興味を引かれたふうに一枚のポスターの前にじっと立っていた。それは誰か知らない女性歌手によるシューベルトのリサイタルを予告するものだった。しかしそうしてじっと立っている間、草原に風が吹くように、その肩には小刻みに震える波が走っていた。彼は彼女が懸命に高ぶりを抑えていることに気づいて恥ずかしくなった。何のために自分は彼女を静かな暮らしから引きずり出してきたのだろうか、こんなところへ、と彼は心ならずも考えた。しかしもう戻れる道はなかった。「行きましょう」と彼は軽く促した。彼女は彼に顔を見せることもせずに、何とも知れぬポスターから離れ、先に立って階段を上っていった、ゆっくりと、つらそうに、重い足取りで。老女のようだ、と彼は思わず考えた。

そう思ったのはほんの一秒だけ、彼女が手を手すりにかけて、わずかな段を苦心して上っていた時のことで、すぐに彼はこの醜い考えを追い払った。だが何か冷たい、痛みを与えるものが、無理やり追い出した感覚の代わりに残った。

ようやく上の階の廊下に着いた。この物言わぬ二分の時間は永遠のようだった。ドアが一つ開いたままになっていて、それが彼らの部屋だった。中ではメイドが雑巾や箒でまだ作業をしていた。「少々お待ちを、じき終わります」とメイドは詫《わ》びた。「この部屋は先ほど空いたばかりでして、でももうお入りになって構いません、新しいベッドリネンだけお持ちします」

二人は中に入った。閉ざされた空間の中で空気はよどんで甘ったるく、オリーブ石鹸《せっけん》と冷たい煙草の臭いが残っており、見知らぬ人間の形のない痕跡がひそんでいた。

無遠慮に、もしかするとまだ人間の体温を残したまま、中央に乱れたダブルベッドがあり、この部屋の意義と目的をありありと示していた。この露骨さに彼は吐き気を覚えた。思わず彼は窓の方へ逃れて、窓を押し開けた。湿った生ぬるい空気が、通りのぼやけた喧噪と混ざり合って、押し戻されて揺れるカーテンの傍らをゆっくりと流れ込んできた。彼は開いた窓のそばに立ったまま外を見やり、すでに暗くなり始めている家々の屋根をじっと眺めた。この部屋のなんと醜いことか、ここにいるのがなんと恥ずかしいことか、何年も待ち焦がれていたこの二人きりの時が何という幻滅であることか。彼も彼女もこれほど唐突に、これほど恥知らずな形でそれがあらわになることを望んではいなかった。三度、四度、五度と呼吸する間――彼はそれを数えていた――外に目を向けたまま、彼は最初の言葉を発する勇気が出ずにいた。だがだめだ、こうしてはいられないと彼は無理やり振り返った。まさに予感していた通り、恐れていた通り、彼女は石のようにじっと、グレーの上着を羽織ったまま、腕は折れてしまったようにだらりとぶら下げて、部屋の真ん中に立ちつくしていた。あたかも本来ここにいるはずではなく、偶然に強いられて、手違いでこの厭わしい部屋に迷い込んでしまったかのようだった。手袋はすでに外して、どこかに置くつもりだったのだろうが、それをこの部屋のどこかでするのは嫌であったに違いない。それで空っぽの手袋は彼女の手の中でぶらぶらしていた。彼女の目はヴェールがかかったようにじっとこわばっていた。彼が振り返ると、その両の目は懇願するように彼に向かって流れ込んできた。彼は彼女の言わんとすることを理解した。「よかったら――」その声は締めつけられた息に引っかかった――「よかったら少し散歩に行きませんか。……ここはとても息苦しいから」

「ええ……そうね」解き放たれたように彼女から言葉が溢れ出した――不安がほどけたようだった。すぐに彼女の手はドアノブにかけられていた。彼はゆっくりと後をついていき、そして見た。彼女の肩が、爪で摑まれて殺されそうなところを逃れた獣のように震えていたのを。

　通りはまだ暖かく人で溢れており、その流れはいまだ祝祭の行進の残した航跡で落ち着きなく動いていた。それで二人は静かな小路へ曲がり、十年前のある日曜に城址[010]への遠足に出かけたときに上っていったのと同じ、木々に覆われた道へ向かった。「覚えていますか、あれは日曜日でしたね」と彼は知らず知らず大きな声で言った。彼女も同じ思い出に浸っていたと見えて、小さな声で答えた。「あなたとのことは何も忘れていないわ。オットーは学校の友達と一緒で、ひどく急いで先を行ってしまったから——危うく森の中で見失ってしまうところだった。あの子のことを何度も呼んで、戻ってきなさいと言ったけど、本当はそうしたくなかったのよ。あなたと二人きりでいたくてたまらなかったのだもの。でもあの頃私たちはまだそんなに親しくなかったものね」

「今だって」と彼は冗談にしようとした。しかし彼女は黙っていた。言わない方がよかったな、と彼はぼんやり感じた。なぜいつも比べずにいられないのだろうか、今とあの頃を。それにしても今日はどうして彼女に何を言ってもうまくいかないのだろうか。いつもこの「あの頃」が間に入り込んでくるのだ、過ぎ去った時が。

二人は黙ったまま丘に上っていった。すでに薄明かりのともる家々が下の方で身をかがめ、薄暗い谷から川がこちらに向かって明るさを増しながらうねる弧を描いていた。近くでは木々がそよぎ、その上に暗闇が沈みかかっていた。向かってくる人は誰もおらず、二人の前を物言わぬ影が進んでいくだけだった。街灯が斜めに二人の姿を照らすたびに、二つの影は彼らの前で抱擁するように溶け合い、長く伸びて互いを求め合った。身体と身体が一つの像になり、また再び離れ、また新たに抱き合ったが、その間彼ら自身はぶらぶらと、息の届くほどの距離で歩んでいた。呪縛されたように彼はこの奇妙な戯れを見ていた、この逃れては捕らえ、また離れる、この命なき形象、影となった身体、それは彼ら自身の身体の写し絵でしかないのだが。病的なまでにひきつけられて、彼はこの実体のない像の逃れたり絡み合ったりする動きを眺めた。この流れるように逃げていく黒い像に夢中になって、自分の隣にいる生身の女性をほとんど忘れそうになっていた。これといって何かをはっきりと考えていたわけではなかったが、ただこのささやかな戯れが彼に何かを思い出させようとしているのだと漠然と感じていた。何か、心の奥深くに泉があって、まるで回想というバケツが水面に触れて乱したかのように、今不穏におびやかしつつ波立ち始めたもの。これはいったい何なのだろうか？——彼はあらゆる感覚を研ぎ澄ませ、眠れるこの森を歩んでいく影が何を想起させようとしているのかを感じようとした。それは言葉に違いなかった、ある状況、何か体験した、耳にした、感じたもの、何らかの旋律に包まれ、何年も何年も触れないままにとても深く埋められているものだった。

突如としてその何かが開け、忘却の闇に稲妻のような裂け目が走った。言葉だ、詩だ、彼女がかつて夕べに部屋で朗読してくれた。詩だ、フランス語の詩、彼はその詩句を覚えていた、そして今熱い風に引きさらわれてきたかのように、突如として唇にまでのぼってきた。十年以上の時を超えて彼の耳に、彼女の声で、ある異国の詩の忘れられていたこの一節が聞こえてきた。

Dans le vieux parc solitaire et glacé
Deux Spectres cherchent le passé[011]

そしてこの言葉、この詩句が記憶の中にひらめくや否や、魔法のような速さでそのときの光景が完全に思い出された。暗くなったサロンでランプが金色に燃え、彼女がある晩このヴェルレーヌの詩を読んでくれたのだった。彼女の姿を思い出した、座っていた彼女にはランプの影が差し、遠くて近い存在、いとしくも決して手の届かない女性であった。彼は突然、詩句の響きが波立つのに合わせて彼女の声が揺れるのを聞きながら、あの頃の自分の心が興奮に高鳴るのを感じた。彼女が詩の中で――たとえ詩の中でだけであっても――「憧れ」とか「愛」という言葉を口にするとき、異国の言葉、他人のことであっても、それをその声で、彼女の声で聞くのはうっとりするようなことであった。どうして忘れていられたのだろうか、何年もの間この詩を、あの晩のことを。あのとき彼らは家に二人きりで、二人きりになったことに動揺し、会話に危うさを感じて、書物というもっと扱いやすい園へと逃れたのだった。そこでは言葉と旋律との背後に、より親密な感情の告白が時折、藪の中の光のように意味深げにひらめいていた。それは姿を見せぬままにとらえがたくちらちらと輝き、しかしたしかに幸福をもたらしてくれた。どうしてこれほど長い間忘れていられたのだろうか。しかしなぜ突然また戻ってきたのだろうか、この失われていた詩が？　思わず彼は詩行を翻訳して口に出した。

凍りつき雪の積もった古い公園で
二つの影が過去を探している[012]

そして彼がこれを口に出すや、彼は理解した、手の中に重く煌めく鍵が握られていた。その連想の鍵が、眠れる竪穴から想起を、今や突然生々しい明るさを帯びた一つの想起を勢いよく引き出した。あの影だったのだ、道にかかるあの影が、自らを語る言葉に触れて目覚めさせたのだ。そうだ、でもそれだけではない。彼は突然身震いしながら、この愕然とするような認識が意味していたことを感じとった――予言的な意味を持つ言葉。彼ら自身だったのではないか、この影は、自分たちの過去を探しながら、もはや現実ではなくなってしまった「あの頃」に向かっておぼろげな問いを投げかけている。影、影、生きたものとなろうとした、しかしもはやそれは叶わなくなった――彼女も、彼ももはやあの頃と同じではなく、それでもむなしく懸命に探し求め、おのれから逃れつつも無意味で無力な骨折りのうちにおのれを引きとめているのだ、この足元の黒い亡霊たちのように。

無意識のうちに彼はうめくような声をあげたのだろう、彼女が顔を向けた。「どうしたの、ルートヴィヒ？

何を考えているの？」

しかし彼はただ「何でも、何でもありません」とはねつけた。そしてただますます深く内面へ、あの頃へと向かって耳を傾けた、もう一度あの声が、予言的な追想の声が語りかけてはくれまいか、そして過去をもってこの現在をあらわにしてはくれまいかと。

チェス奇譚

　ニューヨークからブエノス・アイレスへ向かって深夜に出港する予定の大きな客船の上は、例によって出発前の活気と喧騒でいっぱいだった。友人を見送るために来た土地の客たちが押し合いへし合いし、帽子をあみだにかぶった電報係が名前を呼びながらラウンジを飛び交い、トランクや花が引きずられていき、子供たちが物珍しげに階段を上ったり下りたりして駆けまわり、その間オーケストラは動じることなくデッキショーのための演奏を続けていた。私はこの遊歩甲板の騒ぎから少し離れて知人と話をしていたところ、傍らで二、三のフラッシュが鋭く光った――どうやら誰か有名人が、出発の直前に急いで記者のインタビューを受け、写真を撮られているようだった。友人はそちらを見やり、微笑した。「これは珍しいものとご同乗になりますね。チェントヴィッチですよ」この知らせに対して私が、何のことかわからないという顔を見せたのだろう、友人は説明を加えた。「チェス王者のミルコ・チェントヴィッチ。アメリカじゅう、東から西まで試合をしながらまわって、今度はアルゼンチンに次の勝利を求めるのです」

たしかに、いまや私もこの若き世界王者のことを思い出した。そしてさらに、この人物の彗星のごとき出世にまつわるあれこれのエピソードも。友人は私よりも注意深く新聞を読む人だったので、さらに一連の逸話を付け加えてくれた。チェントヴィッチは一年ほど前に突如として、これまでもっとも定評のあったチェスの名人たち、アレヒン、カパブランカ、タルタコワ、ラスカー、ボゴリュボフ[001]といった人々に並ぶ存在となった。七歳の神童レシェフスキ[002]が一九二二年のニューヨークの大会に登場して以来、名高いチェスのギルドにまったく無名の人間が飛び込んでいき、今度のようなセンセーションを広く巻き起こすということはついぞなかった。というのもチェントヴィッチの知的能力は、このような輝かしい出世を予測させるようなものとはまったく見えなかったからだ。ほどなくして秘密が漏れ伝わってきたところによれば、このチェス王者は私生活においては、いかなる言語においても綴りの間違いなしにたった一つの文を書くことすらできないというのだった。ある同業者が憤激とともに嘲ったように「あの男の教養のなさはあらゆる分野にわたって等しく普遍的だった」のだ。南スラブの赤貧のドナウ水夫の息子として生まれ、そのちっぽけな小舟がある夜に穀類を運ぶ汽船に沈められてしまい、父を亡くした当時十二歳の彼は、憐れに思った田舎の神父に引き取られた。そして善良な神父は、この口数少なく鈍感で額の広い子供が村の学校で身に付けられなかったことを、家での復習によって埋め合わせてやろうと懸命に努めたのだった。

だがその骨折りはむなしかった。すでに何百回となく説明してもらった文字を、ミルコは何度見てもやはり見知らぬもののように眺めていた。もっとも簡単な授業内容に対してさえ、鈍重に動く彼の脳は少しも記憶する力を持たないのだった。計算するとなると十四歳になってなお、いちいち指の助けを借りなければならず、本や新聞を読むなどということはかなりの年齢になってさえ、彼にとっては大変な努力を要することであった。といってもミルコがやる気がなかったとか、反抗的だったとはまったく言えなかった。命じられたことは従順にやっていた、水を汲《く》んできたり薪《まき》を割ったり、畑仕事を手伝ったり、台所を掃除したり、腹の立つほどのろのろとではあっても頼まれた仕事はきちんと片付けた。だがこのひねくれた少年について善良な神父がもっとも不愉快に思ったのは、完全な無関心さであった。とりたてて求められなければ何もせず、質問することもなく、他の子どもたちと遊びもせず、はっきり命じられない限りは自分から仕事を探すこともなかった。家の用事を片付けてしまうと、彼はただ牧場の羊のような虚ろな眼をして部屋の中にじっと座り込み、周囲の出来事にこれっぽっちも興味を示さなかった。晩に神父が長い農民パイプをふかしながら、いつものように駐在警官と三番のチェス勝負をしている間、金髪を房にしたこの鈍重な少年はかたわらにつくねんと座り、一見眠たそうでつまらなさげな様子で、格子の入った盤を重い瞼の下からじっと見ていたのだった。

　ある冬の晩、二人のチェス仲間がいつものゲームに没頭していたところ、村の大通りから橇《そり》の鈴の音が速足で、どんどん速度を上げながら鳴り響いてきた。帽子に雪を乗せた農民がどすどすと駆け込んできて、老いた母親が死にそうなので、神父には急いでやってきて間に合ううちに終油の秘蹟を執り行なってもらいたいという。ためらうことなく神父はこの農民についていった。まだ自分のグラスのビールを飲み干していなかった駐在警官は、いとまごいにもう一本パイプに火をつけて、重い長靴を履こうとした。そのとき、すでにゲームが始まっていたチェス盤の上に、ミルコの眼差しがじっと張り付いているのに気が付いた。

「なに、これを最後までやってみるか？」と駐在警官は冗談に言ったものの、この眠たげな少年が盤上の駒をほんの一つ正しく動かすこともできまいとすっかり確信していた。少年はおずおずと目を上げ、それからうなずいて神父のいた席に座った。十四手の後には駐在警官は負かされてしまい、しかも何かうっかりいい加減に指した手によって負けたわけではないということも認めなければならなかった。次の試合も似たようなものであった。

「バラムの驢馬《ろば》[003]ですな！」と、帰ってきた神父は驚いて叫んだ。そして聖書に通じていない警官に、二千年前にも同じような奇跡が起こって、物言わぬ獣が突然知恵の言葉を見出したのだと説明してやった。かなり遅い時間ではあったが、善良な神父は、このほとんど字も読めないような自分の下男に、一対一の勝負を挑まずにはいられなかった。ミルコは神父も簡単に負かしてしまった。彼は粘り強く、ゆっくりと動じることなく、うつむいた広い額を一度も盤から上げることなく指した。だが反論の余地のない確かさをもって指していた。駐在警官も神父もその後の数日の間、ただの一番も彼に勝つことができなかった。この弟子がその他の点ではどれだけ後《おく》れを取っているかを、神父は人一倍よく評価できたので、一面に限られたこの特異な才能がどこまで厳しい試練に耐えられるものか、本気で好奇心を持ちはじめた。神父は街の床屋でミルコのもじゃもじゃの淡い金髪を切ってもらい、何とか人前に出られる格好にした後で、彼を橇《そり》に乗せて小さな隣町に連れて行った。神父はその町の中央広場にあるカフェの一角に熱狂的なチェスプレイヤーたちがいるのを知っており、これは経験上彼自身もかなわないような連中であった。金髪で紅顔の、羊の毛皮を内向きに着込み、重い羊革の長靴を履いた十五歳の少年を神父がこのカフェへと押し込むと、居合わせた一団は少なからず驚いた。少年は恥ずかしそうに目を伏せ、慣れない様子で隅の方に立ちつくしていたが、やがてチェスをしているテーブルの一つへと呼び出された。最初のゲームで彼は負けたが、これは彼がいわゆるシチリア式開始[004]というものを、善良な神父のところでは一度も見たことがなかったためであった。二試合目で彼は早くも、一番上手いプレイヤーを相手に引き分けに持ち込んだ。三試合目、四試合目以降になると彼は一人また一人と、全員を負かしてしまった。

かくして、南スラヴの小さな田舎町にはめったにないほどの興奮が巻き起こった。この農村出のチャンピオンの初登場は、その場に集っていた名士連にとってすぐさまセンセーションとなった。この神童に何としても翌日までは町にとどまってもらおうということが全員一致で決められた。そうすればチェスサークルのほかのメンバーも呼び寄せられ、とりわけチェス狂である老シムチッチ伯爵の城に知らせることができるからというのだった。神父は自分の世話してきた子をこれまでにない誇りとともに見ていたが、発見者になったことが嬉しいからといって日曜の礼拝の義務をおろそかにするつもりはなかったので、以降のテストのためにミルコを置いていってもよいと表明した。若きチェントヴィッチはチェスサークルの支払いでホテルに泊まらせてもらい、この晩に初めて水洗便所なるものを目にした。次の日、日曜の午後にはチェス室は満杯であった。ミルコは四時間にわたってじっとチェス盤の前に座り、一言も発することなく、目を上げることすらもなく、一人また一人と打ち負かしていった。最後に多面対局が提案された。多面対局というのはミルコ一人で同時に何人かのプレイヤーを相手に戦うというものだが、これを学のないミルコに理解させるにはしばらく時間がかかった。だがこのしきたりを理解するや、彼はすぐになすべきことに集中し、重くきしむ靴でゆっくりとテーブルからテーブルへと歩きまわり、最終的には八番のうち七番で勝ったのだった。

そこで大規模な協議が行われた。この新しいチャンピオンは、厳密な意味ではこの町の人ではなかったが、それでもこの地の国民としての誇りには生き生きと火が付いた。地図の中でほとんどの人には存在すら気づかれずにいたこの小さな町がついに、初めて一人の有名人を世界に送り出すという栄誉を手に入れられるかもしれないのだ。普段は駐屯軍のカバレットのためにシャンソン屋や女歌手をあっせんしているコレルという名の仲介屋が、一年の間手当てを出してもらうという条件で、この若者をウィーンにいる彼の知人で、チェスの専門分野における有名ではないが優秀なとある名人のところで勉強させてやってもよいと表明した。シムチッチ伯爵は、六十年の間毎日チェスをしていてこれほど変わった相手に出会ったことがなかったものだから、すぐに必要な金額を出してやった。この日から、水夫の息子の驚くべき出世が始まったのである。

　半年後にはミルコはチェス技術の秘密のすべてをものにしたが、ただ奇妙な限界が一つあり、そのことは後に専門家の間で大いに観察の対象となり、また嘲られることにもなった。というのもチェントヴィッチにはどうしても、たった一つのゲームも諳《そら》で――あるいは専門用語でいえば「目隠しで[005]」――プレイすることができなかったのだ。チェス盤を想像界の無限の空間に作り出すという能力が、彼には完全に欠けていたのである。彼は常に、六十四のマスを持つ黒白の格子の盤と三十二の駒を目の前に触れられる形で持っていなければならなかった。世界的に有名になってからも、彼はいつも折り畳み式のポケットサイズのチェスセットを持ち歩いていた。それは名人の試合を再現するとか、あるいは自分で何か問題を解きたいというときに、駒の並びを視覚的に目の前に置いてみるためなのだった。それ自体はどうということもないこの欠点は、想像力というものの欠如を露呈しており、親しい仲間うちでも、卓越したヴィルトゥオーゾとか指揮者で楽譜を開くことなしに弾いたり指揮したりすることができない者がいたらどうなるだろうと、さかんに議論されたものだった。だがこの奇妙な特性によっても、ミルコの驚くべき出世は少しも妨げられなかった。十七歳にして彼はすでに一ダースものチェスの賞を獲り、十八歳でハンガリーの大会で優勝し、二十歳でついに世界大会を制覇した。大胆きわまるほかのチャンピオンたちが、いずれも知的才能において、また想像力においても勇敢さにおいてもチェントヴィッチがとても及ばないほど上回っていたにもかかわらず、彼の粘り強く冷たいロジックの前に倒れていった。ちょうどナポレオンが不器用なクトゥーゾフ[006]に、ハンニバルがうすのろファビウス[007]に敗れたように（このファビウスは、リヴィウス[008]の伝えるところによれば、子供の頃にやはり特徴的な粘液質と痴愚を示していたということだ）。こうして、哲学者や数学者、計算し空想し、またしばしば創造的な性質を持った、様々なタイプの卓越した知性の並ぶチェス王者の名高いギャラリーに、精神的世界におけるまったくのアウトサイダーが初めて押し入るという事態になったのだ。この鈍重で口数の少ない田舎出の若者から、公表に耐えるような言葉の一つでも引き出すことは、いかなるやり手のジャーナリストにも決してできなかった。もっとも、新聞に対して磨き抜かれた格言という形では与えなかったものを、チェントヴィッチはまもなく彼という人間についての逸話でもってたっぷりと埋め合わせることになった。というのも、比類なき名人でいられるチェス盤のもとから立ち上がった瞬間に、チェントヴィッチは救いようもなくグロテスクで、ほとんど喜劇的な人物になってしまったからだ。いかめしくブラックスーツに身を包み、豪華なネクタイに少々しつこい真珠のピンを付け、どうにかこうにかマニキュアを塗った指をしていても、その振舞いや物腰は相変わらず、村で神父の部屋を掃除していたときの愚鈍な農村の若者のままなのだった。ぎこちなく、まさに恥知らずなほど不作法に、彼は自分の才能と名声から、けち臭くまたしばしば下品でもある所有欲をもって、引き出せるだけの金を引き出そうとした。それは同業者たちの物笑いの種となり、また怒りも買っていた。彼は町から町へ旅し、いつでも一番安いホテルに泊まり、報酬さえ出してくれればどんなみすぼらしい団体でもプレイし、石鹸の広告のモデルにもなった。さらには、彼がほんの三つの文さえまともに書けないのをよくよく知っていたライバルたちに馬鹿にされるのもかまわず、『チェスの哲学』なる本に名前を売り渡したが、これは実際にはガリツィアの無名の学生が商売上手の出版社のために書いたものだった。けちな人間がおしなべてそうであるように、彼にもまた滑稽さというものに対する感覚がことごとく欠けていた。世界大会での勝利以来、彼は自分を世界でもっとも重要な人物だと思い、立派に話したり書いたりできる利口で知的な人々を、彼ら自身のフィールドで負かしてやったという自覚、そして何より彼らよりも多く稼いでいるという明白な事実によって、元来の自信のなさは、冷たく、そしてたいていの場合図々しく見せつけられる傲慢さに変わったのだった。

「しかし、ああいう風にあっという間に有名になって、あんな空っぽの頭が酔わずにいられるわけがないでしょう」と締めくくった知人は、チェントヴィッチの子供じみた優越感を示す古典的な証拠をいくつか教えてくれたところだった。「バナート[009]から出てきた二十一歳の農家の若者が突然、板の上でちょっと駒を動かすだけで、故郷の村のみんながこぞって木を切ったり、さんざん苦労してあくせく働いてやっと一年かけて稼ぐよりもたくさんの金を一週間で得られるとなったら、虚栄心の発作に襲われないわけがないですよ。それに、レンブラントやベートーヴェン、ダンテやナポレオンのような人がいたということをこれっぽっちも知らないとしたら、自分を偉大な人間だと思い込むのは実際、恐ろしくたやすいことでしょう。あの若者が壁でふさがれた脳味噌の中で知っていることはただ一つ、自分がもう何か月もチェスの試合で一度も負けていないということだけで、この世にチェスと金以外にも貴いものがあるということを全然知らないんですから、有頂天になる理由も大ありというわけです」

友人が教えてくれたことは、私の格別の好奇心をかき立てるに十分だった。あらゆる種類のモノマニア、ただ一つの観念の内に閉ざされた人間というものが、これまでの人生でずっと私を刺激してやまなかった。というのも、人間は自分を限定すればするほど、他方でそれだけ無限へと近づくことになる。そのような一見世間離れした人々こそがそのきわめて特異な素材の中で、完全に唯一無二の奇妙な世界の縮図を白蟻《しろあり》のように作り上げるのだ。そこで私は、リオ[010]までの十二日間の船旅の間に、この単線的知性の奇怪な標本をもっと近くで観察しようという意図を隠さなかった。

だが「それはたぶんうまくいかないと思いますよ」と友人は警告した。「私の知る限り、チェントヴィッチからほんのわずかでも心理学の材料を引き出すのに成功した人はまだ誰もいません。あの抜け目ない田舎者は、途方もない偏狭さの後ろに、自分を絶対に露出すまいとする非常な賢さを隠しています。しかもそのテクニックは非常に単純で、小さな宿屋でかき集めてきた自分の活動範囲の同郷人を除いては、一切の会話を避けるというものです。学のある人間の気配を感じると、彼は自分の殻の中に引っ込んでしまいます。こうして誰も、彼の口から何か馬鹿な言葉を聞いたとか、底知れぬと言われる彼の無教養さを測ってみたとか自慢することができないようになっているのです」

実際友人の言う通りだったことがわかった。旅の最初の数日間で明らかになったのは、チェントヴィッチに近づくことが、無作法に追い回しでもしなければまったく不可能だということで、そういうことは私の流儀ではなかった。時折彼が甲板を歩くこともあったが、そのときはいつも有名な絵の中のナポレオン[011]のように、両手を後ろに組み、高慢に自分自身に没頭しているような態度だった。それに彼はこのペリパトス[012]流の甲板の散歩をいつもあわただしく、手短に済ませてしまったので、急ぎ足で追いかけなければ彼に話しかけることはできそうになかった。それにラウンジやバー、喫煙室に姿を現すことも決してなかった。船員が内々に調べて教えてくれたところでは、彼は昼間の大半を自分の客室で、大きなチェス盤で試合の練習をしたり、復習したりして過ごしているということだった。

三日もすると実際、彼に近づこうという私の意志よりも、頑として抵抗する相手のテクニックの方が優っているという事実に、私も腹が立ってきた。これまでの人生で私は一度も、チェス王者と個人的に知り合いになる機会がなかった。そしてこの種の人間を思い描いてみようと努めれば努めるほど、生涯にわたって六十四マスの白と黒の盤の中だけで回転し続ける脳の活動というものは、ますます想像しがたいものに見えてくるのだった。自分の経験からも、この「王族のゲーム」の不思議な魅力というものはよく知っていた。人類の編み出したあらゆるゲームの中で、偶然という暴政から逃れて独立し、勝利の月桂樹をただ精神、というよりも精神的才能のある一定の形態にのみ授与するものなのだ。しかしチェスをゲームと呼ぶこと自体が、すでに無礼な限定という罪を犯していることになりはしないか。チェスというのは、天と地の間を漂うムハンマドの棺[013]のように、学問でもあり芸術でもあり、これらのカテゴリーの間を漂う、あらゆる対立項のまたとない結びつきなのではないか。太古の昔から存在しながら永久に新しく、機械的にできていながら想像力によってのみ働き、幾何学的に固定された空間に限定されていながらその組み合わせにおいては無限であり、常に発展を続けながら何も生み出さない。何ものへも導くことのない思考、何も算出しない数学、作品のない芸術、実体のない建築、そしてそれゆえにこそ、疑う余地なくそのありようと現存性において、どんな書物や芸術作品よりも永続的である。すべての民族、すべての時代のものであるただ一つのゲームであり、いかなる神が退屈を紛らわし、感覚を研ぎ澄まし、精神を張りつめさせるためにこの世にもたらしたものか、誰も知らない。どこが始まりでどこが終わりなのか。最初のルールは子供でも覚えられ、どんな不器用者でもやってみることはできるが、この不変の狭い正方形の内部において、特有の種類の名人を生み出すこともまた可能なのである。他のどんな種類の名人とも比較できない、チェスにのみ定められた才能を持つ人間、ある特異な天才。その内部では数学者や詩人、音楽家におけるのと同様、ヴィジョンと忍耐、テクニックが正確な割合で、ただ他のものとは違う重なり方、結びつき方をもって働いているのだ。かつての観相学が盛んであった時代であれば、ガル[014]のような人がこうしたチェス名人の脳を解剖して、かようなチェスの天才においては脳の灰白質の中に何らかの特徴的なうねり、チェス筋とかチェス隆起といったものが他の人の頭蓋骨の中よりも強く刻み込まれているのを見出せるかどうか、確かめようとしたかもしれない。そしてこうした観相学者にとってチェントヴィッチのようなケースはどれほど刺激的だったことだろう。一ツェントナー[015]の無益な鉱石の中にある一筋の金のように、完全なる知的怠惰の中に独特の才能が飛び込んでいるのだ。原則としては私にも、このように類例のない独創的な遊戯が独特な人物を生み出すものだという事実は理解できるものであった。だがそれでも、精神的活動に生きる人間の人生として、全世界が黒と白の間の狭い単線に限定されているというのを想像してみるのはひどく難しい、ほとんど不可能なことではないか。三十二の駒の行ったり来たり、進んだり戻ったりの内に人生の勝利を求める人間、ゲームのはじめにポーンでなくナイトを進めるというのがすでに大いなることであり、チェスの本の片隅にほんの小さな不滅の一角を占めることになるような人間、狂気に陥ることなく十年、二十年、三十年、四十年と思考の緊張力のことごとくを、常に繰り返し、あのたわいもない出撃、木製の盤の上で木製のキングを隅に追い詰めることに向け続ける、そのような人間を想像するというのは。

　そしていま初めて、かような現象、かように奇妙な天才、というよりもかように謎めいた愚人が、空間的には私のすぐ近く、同じ船の六つ先の部屋にいるのだ。それなのに、精神的な事柄に対する好奇心が決まってある種の熱狂へと化してしまうこの私が、不幸にも、彼に近づくことができない運命にあるとは。私はばかげた策略を考え出し始めた。例えば彼の虚栄心をくすぐるために、大新聞のインタビューを装ってみるとか、あるいは彼の貪欲さに訴えるために、金になるスコットランドのトーナメントを提案してみるとか。だが最終的に私は、狩人がライチョウをおびき出すのに使うもっとも確かな手法は、ライチョウの交尾の鳴き声をまねることであるというのを思い出した。チェス名人の注意をこちらへ引き付けるのに、自らチェスをやってみせるよりも効果的なことはないではないか。

　さて、私はこれまでの人生で一度として真剣なチェスの指し手であったことはなく、その単純な理由は、常に軽薄に、ひたすら自分の楽しみのためのものとしてのみチェスをたしなんできたからである。私が一時間ほど盤の前に座ることがあるとすれば、それは決して気合を入れて何かをするためではなく、反対に精神的な緊張から解放されるためなのだ。私は言葉のもっとも正しい意味でチェスを「プレイする」のだが、本物のチェスプレイヤーというものは——ドイツ語[016]に大胆な新語を導入するとすれば——チェスを「まじめにする《エルンステン》[017]」のである。さて、チェスというのは恋愛のようなもので、相手が必要である。私は目下のところ私はまだ、ほかにもチェス愛好家が乗り合わせているかどうかを知らなかった。そういう人たちを穴からおびき出すために、私は喫煙室に原始的な罠《わな》を仕掛けた。鳥刺しさながら、妻——私よりもっと弱いのだが——を相手にそこでチェス盤の前に座ったのである。するると見事に、六手も指さないうちに、もう誰かが通りすがりに立ち止まり、次に来た人は見ていてもいいかと尋ねてきた。ついには私に対戦を求める好都合な相手も見つかった。マッコナーという男で、スコットランドの地下工事のエンジニアであり、聞くところでは、カリフォルニアの石油採掘でかなりの財産を作ったということだった。外見としてはずんぐりとした体格で、たくましくほとんど四角形に近い頑丈な顎と力強い歯を持ち、濃い色の顔をしており、その顕著な赤さは少なくとも部分的にはウィスキーをたっぷり楽しんだおかげであるらしかった。見るからに幅の広い、アスリートを思わせるようながっしりとした肩は、ゲームをするうちに示された性格に、残念ながらよく合致したものであることがわかった。というのもこのミスター・マッコナーは、自我に取りつかれた成功者につきものであるように、どんなにつまらない遊戯においても、敗北というものを自分の立派な人格を貶《おとし》められることと感じるような人間であった。人生において無配慮に自分を押し通すことに慣れており、実務上の成功によって甘やかされたこのセルフ・メイドそのものの男は、優越感によって揺るぎなく満たされており、それゆえいかなる抵抗も不正な反乱と受け止め、ほとんど侮辱を受けたとばかりに憤激するのだった。最初の試合に負けると、マッコナー氏は不機嫌になり、くだくだと強圧的な調子で、ただちょっとの間気が散ったせいなのだと弁解し始めた。三試合目では隣の部屋の物音に自分の失敗の責任を負わせた。一つの試合に負けると、すぐに仕返しを要求せずにはいないのだった。初めのうち私はこうした功名心にかられた強情さを面白がっていたが、しまいにはこれをただ、世界王者を我々のテーブルにおびき寄せるという本来の目的のための、避けようのない付随現象として受け入れるよりほかなくなった。

　三日目にそれは成功した。といっても半分だけであった。チェントヴィッチが遊歩甲板から窓ごしにチェス盤を観察していたのか、あるいはただ偶然に喫煙室にご来訪賜る気になったのか——いずれにせよ彼は、我々不適格な連中が彼の芸術に手を出しているのを見るや、思わず一歩こちらに近づき、適当な距離を保ちながら盤に向かって吟味するような視線を投げた。ちょうどマッコナーの番だった。そしてこの一手でもうチェントヴィッチには、我々ディレッタントによる骨折りのさらなる行方が、王者たる彼の関心を向けるに値しないということを知るに十分であったと見えた。我々で言うならば、本屋で勧められたつまらない探偵小説をめくりもせずに脇に置いてしまうときのように、先ほどと同様のいとも自然な身振りでチェントヴィッチは我々のテーブルから離れ、喫煙室を出ていった。「量ってみて、軽すぎたというわけだ[018]」と私は思った。あの冷ややかな、さげすむような視線には少々腹が立っていた。この不満の念を何とか吐き出そうと、私はマッコナーに向かって言った。

「あなたの手は王者をあまり感激させなかったと見えますね」

「何の王者です？」

　ちょうど今我々のそばを通り過ぎ、不同意を示す眼差しで我々のゲームを見ていた紳士が、世界王者のチェントヴィッチだったのだと私は説明した。そして付け加えて、仕方ないことだ、一流の人からの軽蔑を傷心することなく甘受しようと言った。持たざる者はどこでもそういうものなのだと。だが驚いたことに、私の何気ない知らせはマッコナーにまったく予想外の効果を及ぼした。彼はすぐにいきり立ち、我々のゲームのことなど忘れてしまって、その功名心にはやる心臓の音が耳に届くばかりになった。チェントヴィッチがこの船に乗っているなんてまったく知らなかった、チェントヴィッチにはなんとしても自分と対戦してもらわなければならないというのだった。世界王者と対戦したことはまだ人生で一度もない、他の四十人と一緒に多面対局をしたことがあるだけだが、それでも大変にわくわくしたもので、そのときはもう少しで勝つところだったのだと。あんたはそのチェス王者と知り合いなのか？　私は否定した。そのチェス王者に話をして、こちらに来てもらうように頼んでくれないか？　私は拒み、チェントヴィッチは私の知るところでは、新しく人と知り合うことをなかなか受け入れないらしいからと言った。それに、我々のような三流プレイヤーとかかわりあったところで、世界王者にとって一体何の魅力があろうかと。

　この三流プレイヤーというのは、マッコナーのような野心の強い男に対しては言わない方がよかっただろう。彼は腹を立てて背もたれに身を預け、つっけんどんに言った。自分としてはチェントヴィッチがジェントルマンの丁重な要請を拒絶するとは思わない、自分が何とかしようと。マッコナー氏の求めで私は世界王者の人相を簡単に説明した。彼は我々のチェス盤を無関心に放り出して、抑えようもない焦燥のままに、甲板へとチェントヴィッチを追って飛んで行った。こういうがっしりした肩の持ち主というのは、ひとたび何かをやると決めたらもう止めようがないものなのだと、私はあらためて感じた。

私は期待しつつ待っていた。十分ほどして戻ってきたマッコナー氏は、上機嫌とは言えない様子だった。

「それでどうしました？」と私は尋ねた。

「あんたの言ったとおりですよ」とマッコナー氏はいくらか腹立たしげに言った。「気持ちの良い紳士ではありませんな。私は名乗って、自分が何者であるか言ってやりました。なのに手を差し出しもしない。もし我々と多面対局を一度してくれるなら、船上の我々皆がいかに誇らしく名誉に思うかと説明しようとしました。それでも背中を突っ張ったままで、こう言うのですよ。残念だがエージェントに対する契約上の義務により、ツアーの間じゅう報酬なしで指すことは厳に禁じられているのだと。最低で一試合二百五十ドルだそうです」

私は笑った。「実際考えてもみませんでしたね、駒を黒から白に動かすのがそんなに儲《もう》かる仕事になるものだとは。それであなたの方も丁重にいとまを告げたというわけでしょうね」

ところがマッコナー氏は大真面目なままであった。「試合は明日の午後三時に決まりました。この喫煙室です。こちらがあまり簡単に打ちのめされないといいですな」

「なんですって、二百五十ドル払ってやることにしたんですか」と私は仰天して叫んだ。

「いいじゃないですか、それがあちらの商売《セ・ソン・メティエ》なんだから。もし私の歯が痛くなって、たまたま同じ船に歯医者が乗り合わせていたとして、ただで抜いてもらおうなどと求めたりはしないでしょうよ。あの男がそれだけの値段をつけるのはまったく正しい。どんな分野でも本物の上級者というのは、最良の商売人でもあるものです。それに私に関して言えば、商売は透明であるほどよい。チェントヴィッチ何某氏に慈悲を示してもらって、しまいに感謝までしてやらなければならないくらいなら、キャッシュで払う方がいいですよ。それにうちのクラブで一晩に二百五十ドルより多く負けたことだってありますからね、世界王者と試合したわけでもないのに。三流のプレイヤーにとっては、チェントヴィッチのような人に仕留められたところで、恥ずかしいこともないでしょう」

自分が何気ない「三流プレイヤー」という言葉でマッコナーの自尊心をいかに深く傷つけてしまったかに気づいて、私は可笑しくなった。だが彼がこの高くつく慰みごとの支払いをしてくれるつもりということになれば、彼の場違いな功名心に対して何も文句をつけるところはなかった。それによってようやく、あの変人と知り合う手だてができるのだから。我々は急いで、チェスをたしなむとこれまでに名乗り出ていた四、五人の紳士に、来たるイベントのことを知らせた。そして通行人が横切って邪魔になることを極力避けるために、自分たちのテーブルだけでなく隣のテーブルも、これから行われる対戦のためにあらかじめ予約しておいた。

翌日、我々の小さなグループは約束の時間に全員集まった。王者に向かい合う真ん中の席はもちろんマッコナー氏に割り当てられた。彼はきつい葉巻に次々に火をつけて緊張を紛らわしながら、何度も落ち着かなげに時計を見やった。しかし世界王者は――私は友人の話を聞いていたので、そんなものだろうと思っていたのだが――たっぷり十分も待たせた。もっともそれによって、彼の登場はよけいに図々しさを帯びたものとなった。彼は静かに、落ち着き払った様子でテーブルに歩み寄った。名乗ることさえせずに――その無礼な態度は「あんたたちは私が何者であるか知っている、そっちが何者であるかに興味はない」というかのようであった――、彼は専門家らしくドライな調子で具体的な取り決めを始めた。この船上で多面対局をするのは、使える盤が足りず不可能なので、全員が一緒に自分を相手にプレイするのはどうかとチェントヴィッチは提案した。一手指したら、我々が協議するのを邪魔しないように、彼は部屋の隅にある別のテーブルの方へ行くことにする。こちらが指したら、残念ながらテーブルの呼び鈴が手元にないので、スプーンでグラスを叩いてもらいたい。一手ごとの時間は、特に別の要望がなければ、最大で十分ということではどうかと。我々はもちろん、おとなしい生徒のようにすべての提案に賛意を表明した。色はチェントヴィッチが黒になった。立ったままで彼は最初の手を指すと、先ほど自分で提案した待機席へ向かい、そこでこともなげに背もたれに寄りかかって絵入り雑誌をめくっていた。

この試合について報告することはほとんど無意味である。当然のことながら、ほかに終わりようのない形で、我々の完全な敗北に終わった。それもたった二十四手目であった。チェスの世界王者が、半ダースの並か並以下のプレイヤーをたやすくねじ伏せるというのは、それ自体何も驚くことではなかった。我々全員にとって腹立たしかったのはただ、チェントヴィッチが我々をたやすくねじ伏せたということをあまりにあからさまに感じさせた、その尊大なやり方だった。毎回盤の上にちらりと眼差しを投げるだけで、まったく無頓着に我々を無視し、まるで我々も生命のない木製の駒であるかのようだった。そしてこのような厚かましい態度は何とはなしに、疥癬《かいせん》病みの犬から目を背けながらパンの塊を一つ投げてやるときのそれを思い起こさせた。いくらか神経の細やかな人間であれば、私が思うに、ミスしたところを教えるなり、親切な言葉をかけて元気づけるなりしてくれたことだろう。だが試合を終わらせてからも、この人でなしのチェスマシーンは一言も発しなかった。「詰み」とだけ言った後は、盤の前で身じろぎひとつせず、我々がもうひと試合求めるのかを待っていた。私はもう立ち上がっていた。厚顔無恥な不作法を前にどうすることもできず、片のついたこの高額な取引をもって、少なくとも自分としてはこの知己を得るという楽しみはおしまいだと態度で示そうとしたのだ。ところが腹立たしいことに、私の隣でマッコナー氏がひどく耳障りなしゃがれ声で言ったのだった――「仕返《ルヴァンシュ》しだ！」と。

その挑発的な調子に私はぎょっとした。実際、マッコナー氏はこの瞬間、礼儀正しいジェントルマンではなく、殴りかかろうとするボクサーのような印象だった。チェントヴィッチが我々にしてよこした不愉快な扱いのせいなのか、あるいはただ病的に興奮しやすい功名心のせいなのか――いずれにせよ、マッコナー氏は完全に人が変わってしまっていた。額の生え際まで真っ赤になって、鼻孔は内側からの圧力でぴんと開き、目に見えて汗をかき、噛みしめた唇から闘争的に突き出された顎に向かって、鋭い皺が一本走っていた。彼の眼に抑えのきかない熱狂の炎が揺らめくのを認めて、私は落ち着かなくなった。それはルーレット台で毎回掛け金を倍にしてきて、六度目か七度目で当たりの色が出ないというようなときにのみ人をとらえるような種類の熱情であった。この瞬間私は悟った――この狂信的な野心家は、たとえ全財産を賭けることになろうとも、このままだろうが倍になろうが、少なくともただ一度ゲームに勝つまでは、チェントヴィッチ相手に何度も何度も何度もプレイし続けるだろうということを。もしチェントヴィッチが持ちこたえれば、マッコナー氏は彼にとって、ブエノス・アイレスに着くまでに数千ドルを掘り出すことのできる金鉱になることだろう。

チェントヴィッチは動かなかった。「どうぞ」と彼は丁重に答えた。「今度は皆さんが黒にしましょう」

二試合目も起こったことはあまり変わらなかった。ただ、何人かの物好きな人々が加わったことで、私たちのグループはより大きくなり、それだけでなく活気も増した。マッコナーは、まるで自分の意志で駒に磁気を与えて勝たせようとするかのように、じっと盤を見つめていた。この不愛想な対戦相手に対して一言「詰み！」という満足の叫びをあげるために、この男は何千ドルでも喜んで犠牲にすることだろうと私は感じた。奇妙なことに、彼のしぶとい興奮がいくらか、知らず知らず我々にも乗り移ってきた。どの一手も先刻とは比べものにならないほど熱を帯びて議論され、意見が一致してチェントヴィッチをテーブルへ呼び戻す合図をする前に、決まって最後の瞬間に誰かが引き留めた。こうして十七手目までやってきたところで、自分たちでも驚いたことに、面食らうほど有利に見える局面が訪れた。というのも我々はｃのポーンを奥から二番目のｃ2まで進めることに成功したのだ。これをｃ1まで進めさえすれば、新しいクイーンが得られる。もちろん我々は、このあまりにも明白すぎるチャンスに喜んでばかりいたわけではない。この一見自分たちで獲得したかに思われる優勢は、局面をはるかに先まで見通しているチェントヴィッチによって、意図的に我々に対する釣り針として押し付けられたものに違いないと、誰もが一致して疑いを持った。しかし一同必死になって追究し、議論しても、隠されたフェイントを感知することはできなかった。ついに、もう許された考慮時間のぎりぎりになって、我々は思い切ってこの手を指してみることに決めた。もうマッコナーはポーンを最後のマスへ進めようと手をかけていたが、そのとき不意に彼の腕が摑まれ、誰かが小声で激しくささやいた――「いけません！　だめです！」

思わず我々は皆振り向いた。それは四十五歳くらいの紳士で、ほっそりとした鋭い顔は以前すでに甲板で見かけて、白墨のようにひどく青白かったのが目についていたのだった。この紳士は我々が目の前の問題にすっかり没頭していた最後の数分のあいだに、こちらへ近づいてきていたに違いなかった。我々の視線を感じて、紳士は早口で付け加えた。

「もしここでクイーンを作れば、相手はすぐにｃ１のビショップでそれを取ってきます。こちらはそれをナイトで取り返す……しかしその間に彼はパスポーンをｄ７へやって、こちらのルークを脅かします。たとえナイトで王手をかけてもそれは失敗して、九手か十手のうちに負けます。これは一九二二年にピエシュチャニの大会で、アレヒンがボゴリュボフに対して作った[019]構図とほとんど同じです」

　マッコナーは唖然《あぜん》として駒から手を放した。彼も、そして私たちも劣らず、天から助けをもたらすべく、思いがけない天使のように現れたこの男を訝《いぶか》しみつつ見つめた。九手先の詰みを読むことのできるような人というのは、第一級の専門家であるに違いない。ひょっとするとチェントヴィッチと同じ大会に向かうところで、王者の座をかけて彼と戦う相手であるのかもしれない。あまりに突然現れ、まさにここぞという瞬間で介入してきたものだから、この人は何か自然を超えたもののように思われた。最初に気を取り直したのはマッコナーだった。

「どうすればよろしいのでしょうな？」と彼は興奮気味にささやいた。

「すぐに前に行くのではなく、まずはよけることです。何よりキングを危険なラインから離して、ｇ８からｈ７へ。そうしたら相手はたぶん反対側に攻撃を移してくるでしょう。しかしそれはルークをｃ８からｃ４に動かして防ぎます。これで相手は二手をかけさせられてポーンを一つ失い、優位性もなくなります。そうしたらパスポーン同士が向かい合い、きちんと防御に徹していれば、まだ引き分けには持ち込めます。それ以上は無理です」

我々はまたしても唖然としてしまった。彼の読みの正確さに加えてその速さには少々混乱させられるほどだった。それはまるで印刷された本から手を読み上げているかのようだった。ともあれ、この人の介入のおかげで世界王者を相手にした我々のゲームを引き分けに持ち込めるという思ってもみなかったチャンスは、魔術的な効果をもたらした。我々は一致して脇へどき、この紳士が邪魔されることなく盤を見渡すことができるようにした。もう一度マッコナーが尋ねた。

「それではキングをg8からh7ですね？」

「そうです。とにかくよけることです」

マッコナーはこれに従い、我々はグラスを叩いた。チェントヴィッチはいつものように無関心な足取りで我々のテーブルに歩み寄り、指された手を確かめた。そしてキング側のポーンをh2からh4へ動かした。我々の見知らぬ助力者が予想した通りだった。彼はすぐに興奮気味にささやいた。

「ルークを前に、c8からc4へ進めるのです。そうしたら相手はまずポーンを守らなければいけなくなる。でもそれも無益です。向こうのパスポーンは気にしないで、ナイトをc3からd5へやって取りましょう。それでまた均衡を取り戻せます。守るのをやめて全圧力を前にかけるのです」

彼が何を言っているのか我々には理解できなかった。その言葉は知らない外国語[020]のようだった。だがもはや抗しがたい力にとらわれて、マッコナーは考えることもせず、この男の命じるままにした。我々はまたグラスを叩き、チェントヴィッチを呼び戻した。このとき初めて、チェントヴィッチは即座に決断することなく、興味を持って盤を眺めた。無意識のうちにその眉が寄せられた。そしてかの見知らぬ男が言った通りの手を指し、踵《きびす》を返して去ろうとした。だが立ち去る前に、ある新奇な、思いがけないことが起こった。チェントヴィッチは視線を上げ、居並ぶ我々をじろりと見分したのだった。恐らく、自分に対して突然かくも力強く抵抗してきた者が誰だったのかを見つけ出そうとしたのだろう。

この瞬間から、我々の興奮はもはや計り知れないほどまで高まった。これまでは本気で希望を持つことなどなく指していたのだが、いまやチェントヴィッチの冷たい傲慢さを打ち砕いてやれるかもしれないという考えによって、我々の脈動の中を飛ぶような熱気が駆けめぐっていた。しかしすぐに我々の新しい友は次の一手を指示し、我々はチェントヴィッチを呼び戻すことができた——スプーンでグラスを叩くとき、私の指は震えていた。そして我々に初めての勝利がやってきた。チェントヴィッチはこれまでずっと立ったまま指していたのだが、ためらい、ためらった末に、ついに腰を下ろしたのだ。彼はゆっくりと鈍重に腰をかけた。だがこれだけのことでも、純粋に身体的な意味で、これまで彼と我々の間にあった上から下へ見下ろすという関係が消え去った。我々は彼に少なくとも空間的に、我々と同じレベルに身を置くことを強いたのである。彼は長いこと考え、その目はじっと動かず盤の上に沈み込んでいたので、暗い瞼の下の瞳を見て取ることはほとんどできなかった。集中して考え込むうち、次第に彼の口が開き、それは丸い顔をなにか間の抜けたものに見せた。チェントヴィッチは数分の間考えると、自分の手を指して立ち上がった。すかさず我々の友がささやいた。

「引き延ばしの手ですね。よく考えたものだ。でもそれに関わってはいけません。相打ちを強行するのです、何としても相打ちです。そうすれば引き分けに持ち込めます、どうやっても彼は助かりません」

マッコナーはその通りにした。我々ほかの連中はとっくにただの端役に成り下がっており、両者の間で指された次の数手は、我々にはまったく理解できない行ったり来たりだった。七手ほどの後、チェントヴィッチはかなり長く考えた末に目を上げて、言った。「引き分け」

一瞬の間、完全な静寂が支配した。突如として波のざわめき、サロンからジャズを奏でるラジオの音が聞こえ、甲板を歩く足音のすべて、そして窓の継ぎ目を吹き抜ける風の微かなそよぎが聞き取れた。我々の誰も息をしていなかった。それはあまりに突然訪れたのだった。そしてこの見知らぬ人が世界王者を相手に、半分負けたも同然だったゲームを自分の意志で動かしてみせたという、このありえないような出来事に、誰もが愕然としていた。マッコナーはどんと椅子の背にもたれかかり、抑えていた息が満足げな「ああ！」という声となって唇から漏れた。私はといえば再びチェントヴィッチを観察していた。最後の数手の時点ですでに、彼の顔色が前よりも青白くなっているように私には見えていた。だが彼は冷静さを保つ術《すべ》を知っていた。一見平静なふうでじっとしたまま、彼は静かな手つきで駒を盤から押しのけながら、ただこともなげに尋ねた。

「皆さんは三試合目をお望みですか」

彼はまったくビジネスライクにこの問いを投げかけた。だが奇妙だったのは、彼がその際マッコナーに視線をやらず、鋭くまっすぐに、我々を救ってくれた男の方に向かって目を上げたことだった。馬が乗せ心地の確かさによって、より優れた新たな騎手を見分けるように、チェントヴィッチは最後の数手によって真の、本来の対戦相手を見分けたに違いなかった。思わず我々も彼の視線を追い、例の見知らぬ男を期待をもって見つめた。だが当人が考えて答えることができるよりも前に、野心に燃えて興奮したマッコナーが、すでに勝利したかのように大声で呼びかけた。

「もちろんですとも！　だが今度はあんたが一人であの人とプレイしなければいけません。あんた一人がチェントヴィッチとやるんですよ！」

するとしかし、予想外のことが起こった。見知らぬ男はいまだに奇妙に緊張した様子で、すでに空になったチェス盤をじっと見つめていたのだが、全員の視線が自分に向けられているのを感じ、こんなふうに熱狂的に話しかけられてはっとした。彼は混乱したような表情を見せた。

「とんでもない、皆さん」と彼は見るからに動揺して、つかえながら言った。「絶対にだめです……私なんて問題になりません……もう二十年か、いや二十五年もチェス盤の前に座ったことがなかったのです……それに……今になってわかりました、お許しもいただかずに皆さんのゲームに介入したりして、大変失礼な振舞いをしてしまいました……どうぞ出過ぎた真似をお許しください……もうこれ以上決してお邪魔はいたしませんので」そして我々が驚愕から立ち直る前に、彼は引き下がり、部屋を後にしてしまっていた。

「だがまったくありえないでしょう！」と、気性の激しいマッコナー氏は拳を握りながら怒鳴った。「まったく考えられない、あの人が二十五年もチェスをやったことがなかったなんて！　あの人はこちらの手も向こうの手もすべて五、六手先まで読んでいたんですよ。こんなことを即席でできる人がいるわけがない。まったくありえない――そうじゃありませんか？」

最後の問いかけと共にマッコナー氏は思わずチェントヴィッチの方を向いた。だが世界王者はまったく動じず冷静だった。

「それについては判断しかねますね。ともあれあの紳士の指し方は少々奇異で、興味深いものでした。それで私もわざとチャンスをあげてみたのですよ」こう言いつつ無造作に立ち上がりながら、彼はいつもの即物的な口調で付け加えた。

「もしあの方でも皆さんでも、明日もう一度対戦をお望みでしたら、三時からなら空いています」

我々は微かな笑みを抑えることができなかった。チェントヴィッチが見知らぬ我々の助力者に寛大にもチャンスを与えてやったなどということはまったくなく、彼の言葉は自分の力不足を糊塗《こと》するためのナイーブな言い逃れにすぎないということを、誰もがわかっていた。あのようなびくともしない高慢さがへし折れるところを見たいという我々の欲求は、こうしてますます激しく高まった。平和的で無頓着な我々船客たちが、突如として荒々しく野心的な闘争欲に襲われていた。大洋のただ中を行くまさにこの船の上で、チェス王者から勝利の棕櫚《しゅろ》の葉が奪い取られるかもしれないのだ。そうなればそれはあらゆる電報局から世界中に伝えられる大記録となることだろう。この考えは我々を誘惑し、魅了した。加えて、我々の救い主がまったく予期しない形で、まさに肝心な瞬間に介入してくれたという謎めいた出来事、そして彼のほとんどおびえたような謙虚さと、プロフェッショナルらしい揺るぎのない自信とのコントラストも、我々の刺激となった。あの見知らぬ人は何者なのだろうか。いまだ発見されていなかったチェスの天才が、偶然日のもとに現れたのだろうか。あるいは誰か有名なチェス名人が、計り知れない理由で我々に名前を隠していたのだろうか。こうしたあらゆる可能性を我々は非常に熱心に検討してみた。どんなに奇抜きわまる仮説も、あの見知らぬ人の謎めいた恥じらいと驚くべき告白を、見紛いようのないチェスの技術と結び付けるには奇抜すぎるとは思われなかった。ただ一つの考えにおいては我々全員が一致していた。すなわち改めての対戦という見ものを絶対に逃すまいということだ。我らが助力者に翌日チェントヴィッチと対戦してもらうよう、我々はあらゆる努力をしようと決めた。財政的なリスクはマッコナー氏が持つことを約束した。そうこうするうちボーイに尋ねたところ、かの見知らぬ人がオーストリア人であることが判明したので、同国人である私に、我々の頼みを説明しに行く役目が与えられた。

　先ほど大急ぎで逃げ去っていったあの人を、甲板で見つけるのに時間はかからなかった。彼はデッキチェアに横になって本を読んでいた。近づく前に、私はこの機に彼をじっくり観察してみようと思った。尖った輪郭の頭が、少し疲れたような様子で枕に載せられていた。今度もまた、比較的若く見える顔の奇妙な青白さがとりわけ目に付いた。白く輝く髪がこめかみを縁取っていた。なぜかはわからないが、この男性は急激に歳をとったに違いないという印象を受けた。私が歩み寄るや否や、彼は礼儀正しく身を起こし、名を告げた。非常に名声のあるオーストリアの旧家であることが私にはすぐにわかった。この名前を持った人がシューベルトのもっとも親しい友人の輪の中にいたこと、そして老皇帝[021]の侍医の一人もこの一家の出であったことを思い出した。このB博士に、チェントヴィッチの挑戦を受けてほしいという我々の願いを伝えたところ、彼は目に見えて当惑した。あの試合において世界王者、それも目下もっとも成功を収めている人物を相手に光栄にも張り合っていたのだということを、彼はまったく知らなかったことがわかった。何らかの理由で、この情報は彼に特別な印象を与えたらしく、彼は何度も何度も、対戦相手が有名な世界王者だったというのは本当なのかと繰り返し尋ねた。間もなく私は、この状況によって自分の仕事が簡単になることに気づいた。ただ彼は感じやすい人のように思われたので、もし敗れた場合の金銭上のリスクはマッコナー氏の支払いになる[022]ということは言わない方が賢明だろうと思った。しばらくの間ためらった末、B博士はついに試合をすることに同意した。ただし彼がはっきりと要求したのは、ほかの人たちには今一度、自分の能力に行き過ぎた希望を持たないでほしいと警告してくれるようにということだった。

「というのも」と彼は瞑想にふけるような微笑を浮かべながら付け加えた。「自分が全部のルールにきちんと従ってチェスの試合ができるのか、本当にわからないのです。信じていただきたいのですが、私がギムナジウム時代以来、ですからもう二十年以上もチェスの駒に触ったことがなかったというのは、決して変な謙遜などではないのです。それに当時でさえ、特別才能のあるプレイヤーで通っていたというわけではありませんでした」

彼は本当に自然にこう言ったので、私もその正直さにいささかの疑念も差し挟むことはできなかった。それでも、彼が色々な名人たちのありとあらゆる局面を実に正確に思い出すことができるというのは不思議だというのを口にせずにはいられなかった。ともかく少なくとも理論的には、チェスに大いに取り組んだことがあるに違いないでしょうと。B博士は再び、あの奇妙に夢見るような仕方で微笑んだ。

「大いに取り組んだとおっしゃいますか。どうでしょう、チェスに大いに取り組んだと言っていいのかもしれませんね。ただそれは非常に変わった、まったく類例のない状況で起こったことなのです。なにしろ大変込み入った話でして、我々の愛すべき大いなる時代に対して、まあ少しばかりはお役に立てるものなのかもしれません。もし半時間ほどご辛抱いただけるのでしたら……」

言いながら彼は傍らのデッキチェアを指し示した。私は喜んで彼の招きに応じた。他には誰もいなかった。

B博士は眼鏡を外して脇に置くと、話し始めた。

「あなたはウィーンの方ということで、私の一族の名前を覚えておいでだと言ってくださいましたね。しかし私が父と一緒に、そして後には一人で営んでいた弁護士事務所のことは、たぶんほとんどお聞きになったことがないでしょう。うちでは新聞でおおやけになるような事件は扱っておらず、原則として新しい顧客も受けないようにしていましたから。実のところ我々は、通常の弁護士業務というのはもはや行わず、大きな修道院の法律相談や、とりわけ財産管理に完全に特化していました。父は以前カトリック系の政党の議員をしていたので、それらの修道院と近しかったのです。それに我々は——今では帝国が過去のものとなってしまいましたから、こういう話をしても構わないでしょう——皇帝一族の何人かの積立金の管理も任されていました。こうした宮廷や聖職者との結びつきというのは——私の叔父の一人は皇帝の侍医でしたし、ザイテンシュテッテンの修道院長[023]をしていた者もおりました——、もう二代前から続くものでした。我々はただそれを維持していけばよく、それはひそかな、こう言ってよければ音もなく遂行される仕事でした。先祖から引き継がれてきた信頼によって我々に割り当てられた仕事であり、実のところ必要なのは主にきわめて厳格な配慮と信頼性だけで、この二つの性質を、亡くなった父は誰にもまして備えていました。実際インフレーションのときにも、また革命のときにも、父は持ち前の用意周到さで顧客の財産の価値を相当部分守ることに成功したのです。ドイツでヒトラーが政権を握り、教会や修道院の財産に対する略奪を始めると、国境の向こうからも、少なくとも動産に関しては押収から救い出すために、我々の手を通してあれこれの談判や取引が行われるようになりました。そして聖職者や皇帝一族が密かに進めていたある種の政治的な交渉のことも、世間の知っているであろうよりも我々はよく知っていました。しかしまさに我々の事務所が人目につかず――うちではドアに看板ひとつ下げていませんでしたので――、またウィーンでの帝政主義者たちの集まりも用心してはっきりと避けるようにしていたことから、不当な調査からしっかりと守られていたのです。事実この時期を通して、オーストリアのいかなる役所も、皇帝一族の秘密の伝令が最重要の郵便物をいつも、ほかならぬ我々の五階の目立たない事務所で受け取ったり差し出したりしているなどとはまったく予想していませんでした。

さて、ナチの連中というのは、世界を敵に回して軍備を整えるずっと前から、同じくらい危険でよく訓練された軍隊を周りの国々で組織し始めていました。冷遇され、割りを食わされ、あるいは自尊心を傷つけられた者たちの大群です。どの役所にも、どの会社にもこういう連中の「細胞」が巣くっていて、あらゆるところ、ドルフース[024]やシュシュニック[025]の私室にいたるまで、彼らの派遣した聴音哨《ちょうおんしょう》やスパイが入り込んでいたのです。我々の目立たない事務所にさえ、奴らは手下を置いていたのですが、残念ながらそれは後になって初めてわかったのでした。それはみじめな才能のない事務員で、ある聖職者に勧められて、ただ普通の業務をしているような見かけを作るためだけに雇い入れたのです。実際には我々はこの男を、どうということもない使い走りとしか見ておらず、電話をとらせたり、書類——と言ってもまったくどうでもいいような、問題のない書類ですが、そういうものを整理させたりしていただけでした。郵便を開けることは一切許していませんでしたし、重要な手紙は私が自分の手でタイプライターを使って書き、写しも残しませんでした。非常に大切な書類はすべて私が自分で家に持ち帰り、秘密の会議は修道分院か、叔父の診察室だけで行うようにしていました。こういう注意深い取り決めをしていたおかげで、件《くだん》のスパイは肝心なことの運びは何一つ見ることができませんでした。ところがある不運な偶然によって、かの野心的で高慢な若者は、自分が信用されておらず、背後で色々と面白いことが起こっているようだと気づいたらしいのです。もしかすると私のいない間に、配達人の一人が不注意にも、取り決め通りの「フェルン男爵」と言わずに「陛下」とでも言ってしまったのか、あるいはあのならず者が不当にも手紙を開封したのか——いずれにせよ、私が疑いを抱くようになる前に、ミュンヘンかベルリンから、我々を監視するようにという指示を受けたのです。ずっと後になって、とっくに拘留されてしまった後になって思い出したのですが、あの男が最初はいい加減に仕事をしていたのが、最後の何か月かは突然熱心になって、私の手紙を郵便局へ持っていこうと何度もしつこいほどに申し出てきたものです。ですからいくらか不注意であったというのは認めなければなりませんが、とはいえつまるところ世界でもっとも偉大な外交官や軍人でさえ、ヒトラーのやり方には狡猾《こうかつ》に出し抜かれたではありませんか。ゲシュタポがいかに正確かつ愛情たっぷりに、前々から私に注意を向けていたかということは、シュシュニックが退任を表明したその日の夜、そしてヒトラーがウィーンに入る前の日[026]に、私が早くも親衛隊の連中に逮捕されたということが明らかに証明しています。幸い、もっとも重要な書類はシュシュニックの告別の演説をラジオで聞いてすぐに首尾よく燃やしてしまっていましたし、外国に保管されている修道院と二人の大公の財産についての不可欠な証明を含む残りの書類は、本当に最後の最後、連中がうちのドアを叩く直前に、昔からの信用できる家政婦が洗濯籠に隠して叔父のところへ運んでくれていました」

B博士は話を止めて、葉巻に火をつけた。ぱっと灯る光のもとで私は、神経質そうな震えが彼の口の右端を走るのに気づいた。前から目についてはいたのだが、それが数分ごとに繰り返されているのが見て取れた。それはほんの束の間の動きで、吐息と変わらないほど微かなものだったが、顔全体に奇妙な不穏さを与えてもいた。

「さて、私がこれから強制収容所のことをお話しするとお思いでしょう。我らが旧きオーストリアに忠実だった人は皆そこに送られたのですからね。屈辱とか、責め苦とか、拷問とか、私がそこで受けたことだろうと。しかしそういうことはまったく起こらなかったのです。私は別のカテゴリーに入れられたのです。身体的、精神的な辱めをもって、長年取り置かれたルサンチマンをぶちまけられた不幸な人々の方へは追いやられませんでした。私が入ったのはそれとは別の、ナチスが金か、あるいは重要な情報を絞り出したい人間の、とても小さなグループでした。もちろん私というつまらない人間そのものは、ゲシュタポにとってまったくどうでもいいものでした。しかし我々が自分たちのもっともしぶとい敵対者の名義人、管理人にして懇意の相手であるということを、連中はどこかで知ったに違いありません。連中が私からゆすり取れると踏んでいたのは、敵を不利にできるような資料でした。修道院の財産移動を証明できるような材料とか、皇帝一族やそのほか、オーストリアにおいて君主国のために献身的に尽くしていたすべての人々の不利になるような資料です。連中は、我々の手を通して出ていった資金のうち、相当の量がまだ自分たちの略奪欲の届かないところに隠されていると見込んでおり、事実それは当たっていました。それで連中は、実証済みのメソッドで私にこうした秘密を自白させるため、最初の日にすぐさま私を連れ去ったのです。私のように重要な資料や金を引き出すべきカテゴリーの人間は、そういうわけで強制収容所には送られず、特別な扱いをするのに取っておかれたのでした。覚えておられるかもしれませんが、我々の首相[027]やロートシルト男爵[028]——連中は彼の親族から数百万の金を奪い取れると踏んでいましたから——は、収容所の有刺鉄線の中には入れられず、見たところ優遇されてホテルに、つまりゲシュタポの司令部でもあったホテル・メトロポール[029]に、一人ずつ個別の部屋を与えられました。私はごく目立たない人間ですが、それでも同じようにこの優遇にあずかったというわけです。

ホテルの個室とは――実に人道的に聞こえるではありませんか。しかし信じていただきたいのですが、我々「選ばれし者」が、凍てつくバラックに二十人もまとめて押し込まれるのではなく、まずまず暖房のきいたホテルの個室に住まわされたといっても、我々に対して考えられていたのはまったく人道的などではなく、もっと抜け目ない方法だったのです。というのも我々から必要な「材料」を引きずり出すための圧迫というのは、粗野な殴打や身体的な拷問よりも精妙に機能しなければならないものでした。すなわち考え得る限りもっとも練り上げられた孤立です。連中は我々に何一つしませんでした――ただ我々を完全なる無の中に置いたのです。というのもご存知のように、この世で人間の心にあれほどの圧迫を生み出すものは、この無をおいてほかにないからです。連中は我々を一人ずつ、完全なる真空の中に、外界から密封されて閉ざされた部屋の中に閉じ込めました。それによって、外側からの殴打や寒さの代わりに内側から圧力が生じて、我々がついに唇を開いてしまうように。一見したところでは、割り当てられた部屋はごく快適なものに見えました。ドアがあり、テーブルがあり、ベッドがあり、椅子があり、洗面台があって、格子のついた窓がありました。しかしドアは昼夜を問わず閉められたままで、テーブルには本も新聞も、一枚の紙も鉛筆も置かれてはならず、窓は防火壁で塞がれていました。私という人間の周り、そしてこの身体のもとにさえ、完全なる無が作り上げられました。あらゆる持ち物が奪われたのです――時間がわからないように時計が取り上げられ、何も書けないように鉛筆が取り上げられ、血管を裂くことができないようにナイフが取り上げられました。ほんの小さな気晴らしでしかない煙草でさえ許されませんでした。目にする人間の顔といえば番人だけで、その番人も一言も話してはならず、いかなる質問にも答えることを許されておらず、人間の声を聞くことは一切ありませんでした。目も耳も、あらゆる感覚が朝から夜まで、夜から朝までいかなる養分も与えられず、自分ひとり、自分の身体と四つか五つの物言わぬ物体、テーブルとベッド、窓と洗面台だけを前に、絶望的にひとりきりでした。この沈黙という暗い海の中で、ガラスの釣鐘の下に入った潜水夫のように生きていたのです。それも、外の世界につながるロープが千切れてしまっていて、音もない深海から引き上げられることは永久にないと感づいてもいました。何をすることもなく、何を聞くこともなく、何を見ることもなく、いたるところ絶え間なく無に囲まれる、時間も空間もない完全な空虚に。行ったり来たり歩き回り、思考も行ったり来たり、繰り返し行ったり来たり。しかし思考でさえも、何も実体がないように見えて、やはり何らかの足場が必要なものです。そうでなければ堂々巡りになって、無意味に自分の周りをぐるぐると回り始めてしまう。思考もまた無には耐えられないのです。朝から晩まで何かを待ち続け、何も起こらない。さらに待ち続け、やはり何も起こらない。待って、待って、待ち続けて、考えて、考えて、こめかみが痛むまで考え続けました。何も起こらない。ひたすら一人のままで。ひとり、ひとり。

　時間の外に、世界の外に生きていたこの日々は十四日間続きました。このときにもし戦争が始まっていたとしても、私は知らずにいたことでしょう。私の世界はただテーブルとドア、ベッドと洗面台、椅子と窓と壁から成り立っていて、同じ壁の同じ壁紙をひたすら見つめていたのです。あまりにしばしば見つめていたために、壁紙のぎざぎざした模様の線のひとつひとつが、鉄の鑿《のみ》で彫りつけられたように私の脳のひだの一番奥にまで刻み込まれてしまいました。そしてようやく尋問が始まりました。今が昼か夜かもよくわからずに、突然呼び出されるのです。呼び出されるといくつかの廊下を通って連れていかれますが、どこへ行くかはわかりません。それからどこかで、どこかわからないところで待たされ、突然制服を着た数人が座る机の前に立たされる。机の上には一山の紙が載っていて、それらの書類にどんなものが含まれているかはわかりません。それから質問が始まります。本物の質問に偽《にせ》の質問、明白な質問に陰険な質問、偽装の質問に罠の質問。答えている間、得体のしれない悪意ある指が何ものだかわからない書類をめくり、得体のしれない悪意ある指が何かを調書に書き込みますが、何を書いているのかもわからないのです。しかし私にとってこの尋問でもっとも恐ろしかったのは、ゲシュタポの連中が私の事務所で起こっていたことについて実のところ何を知っていて、何を新たに私から聞き出そうとしているのか、まったく読めず予想もできなかったということでした。先ほども言ったように、本当にまずい書類はぎりぎりのところで、家政婦を使って叔父のところへ送ってありました。しかしこれが無事届いたものか、あるいはそうでないのか。あの事務員はどれくらいのことを洩《も》らしたのか。我々が代理を務めていたドイツの修道院で、不用意な聖職者が自白してしまったりしたことがどれくらいあるのか。連中は次々に質問してきました。どの証券をあの修道院のために買い取ったのか、どの銀行と関係があったのか、誰々氏を知っているかどうか、スイス[030]やステーンオッカーゼール[031]からの手紙を受け取ったかどうか。そして連中がどれだけの情報をすでに手にしているかがまったく予測できなかったゆえに、答えのひとつひとつが恐ろしいほどの責任となったのです。まだ連中に知られていないことを認めてしまえば、誰かを無用に売り渡してしまうことになるでしょう。あまりに多くのことを否認すれば、自分の身を危うくすることになるわけです。

しかし尋問はまだ最悪のものではありませんでした。最悪だったのは尋問の後で、私のあの無の中へ、同じ部屋の同じテーブルとベッド、同じ洗面台、同じ壁紙のもとへ戻ることでした。というのも一人になるとすぐに私は尋問を思い返していたのです。どう答えれば一番賢明であったか、不用意な言葉で引き起こしてしまったかもしれない疑いをそらすために次は何を言わなければならないかと。私は尋問官に対して自分の言った一語一語を検討し、考え、調べ上げ、精査してみました。連中のした質問と、私の答えたことのひとつひとつを改めて思い起こし、連中がそのうち何を記録しただろうかと考えながら、それが絶対に推測できないし、知ることもできないとわかっていました。しかし何もない空間でひとたびこの思考が始動してしまうと、それは頭の中でとめどもなく繰り返し新たに、毎回組み合わせを変えながら回転し続け、眠りの中にまで入り込んできました。ゲシュタポによる尋問の後ではいつも、私自身の思考もそれに劣らず質問と追及と詰問による責め苦を受け継ぎ、時にそれはゲシュタポ以上に過酷なものになりました。というのも尋問は一時間もすればとにかく終わりますが、自分の思考によるそれは、孤独というこの狡猾な拷問のおかげで、決して終わることがないのです。私の周りには常にテーブル、棚、ベッド、壁紙、窓があるばかりで、気をそらしてくれるものが何もない。本も、新聞も、他人の顔も、メモをする鉛筆も、手遊びのためのマッチも、何一つない、なにも、何も。このホテルの部屋というシステムが悪魔的なまでに有効な、心理的な殺人として考え出されたものであるか、このときようやくわかりました。強制収容所にいたなら石を運ばされたりして、手からは血が流れ足は靴の中で凍傷にかかるかもしれませんし、悪臭と寒さの中で二ダースの人間と一緒に押し込まれているかもしれない。でもそこでは人間の顔が見られるでしょう。平地や荷押し車、木や星、何かを、とにかく何かを見つめることができるでしょう。ここではいつも周りに同じものしかない、いつも同じ、ぞっとするほど同じなのです。自分の思考から、妄想から、病的な反芻《はんすう》から逃れさせてくれるものがここには何もありませんでした。まさにそれが意図されたことでした――私が自分の考えにどんどん首を絞めあげられて、ついに息が詰まり、吐き出すほかどうしようもなくなるように、話し出してしまうように、連中の求めることをすべて言ってしまうように、資料のことも人のことも供述してしまわずにいられなくなるようにと。次第に私は、この残忍な無の圧迫のもとで神経が弛緩してくるのを感じるようになりました。危険を自覚したので、神経を引き裂けんばかりに張りつめさせ、何か気晴らしを見つけるか、考え出すかしようとしました。何かに気を取られるようにするため、昔暗唱したものをことごとく思い出して朗誦してみようとしました。子供のころの民謡や遊びの文句、ギムナジウムで学んだホメロス、民法のいろいろな条項《パラグラフ》など。それから計算も試み、任意の数を足したり割ったりしてみました。しかし私の記憶はこの空虚の中でしっかりと摑まっているだけの力を持っていませんでした。何に対しても集中できないのです。いつもその間に同じ思考が入り込みちらつくのです――連中は何を知っているのか。自分は昨日何を言ったか、次は何を言わなければいけないかと。

この状態は実際なんとも表現しようのないものですが、これが四か月続きました。ええ、四か月と書くのは簡単です。たったの三文字。口に出すのも簡単です。四か月――こんな音を唇に乗せるのは一秒の四分の一もかからない。四か月！　しかし空間も時間もないところで時がどんなに長いものになるか、誰も言葉で述べることはできないし、計ることも説明することもできないでしょう、ほかの人にも、自分自身にも。この無、無、無に取り囲まれるということ、あのいつも同じテーブルとベッドと洗面台と壁紙しかないということがどんなに人間をむしばみ破壊するものか、誰にもわかってもらうことはできないでしょう。いつも同じ沈黙、いつもこちらを見もせずに食事を差し入れてくる同じ番人、無の中で同じところを気が狂うほどに回り続ける一つの考え。自分の脳がおかしくなってきているという小さな兆候に気づいて、私は不安になりました。最初のうちは尋問のときにもまだ内面がはっきりしていて、落ち着いてよく考えて話していました。何を言うべきか、何を言うべきでないかという、あの二重の思考もまだうまく働いていました。それが、ごく簡単な文でさえも、どもりながらでないと口にできないようになったのです。話している間に、まるで自分自身の言葉を追いかけようとするかのごとく、紙の上を走る書記のペンに催眠にかかったようにくぎ付けになるのです。私は自分の力が尽きつつあることを感じました。自分を救うために、知っていることを、あるいはそれ以上のことを何もかも話してしまう瞬間が刻々と近づいているのを感じました。この無による締め上げから逃れるために、十二人の人間とその秘密を洩らしてしまう、そんな瞬間が。それで得られるのがほんの一息ぶんの休息でしかないとしても。ある晩には本当にそこまで行ってしまうところでした。そういう息の詰まるような瞬間に、たまたま番人が食事を運んできたので、私は彼の背中に向かって突然叫びかけたのです。「尋問に連れて行ってください！　全部話します！　全部話すつもりです！　書類がどこにあるか、金がどこにあるか言います！　全部言います、全部！」幸いなことに彼はもはや私の言うことを聞いていませんでした。あるいは聞きたくもなかったのかもしれません。

　このどうしようもない窮状において、ある思いがけないことが起こり、それが救いに、少なくとも一時的には救いになったのでした。七月の終わりの、暗くどんよりとした雨模様の日のことでした。こういうこまごまとしたことを正確に覚えているのは、尋問に連れていかれるときに通った廊下の窓に雨が叩きつけていたからです。取調官の控室で私は待たなければなりませんでした。引き出されるたびにいつも待たされるのですが、この待たせるということもテクニックのうちなのです。まず呼び出すこと、夜中に突然独房から連れ出すことで神経を引き裂き、その後でもう尋問の心構えをし、理性と意志を張りつめて抵抗に備えているところで、今度は待たせる。尋問の前に一時間、二時間、三時間と、無意味に待たせることに意味があるのです。そうすることで体がくたびれ、心が萎えてしまうわけです。この日はとりわけ長く待たされました。七月二十七日木曜日、たっぷり二時間、控室で立ったままで。この日付を正確に覚えているのも理由があって、私はこの控室でもちろん座ることも許されず、二時間脚を棒にしながら立っていなければならなかったのですが、この部屋にはカレンダーが掛かっていたのです。とても説明しようのないことですが、私は印刷されたもの、書かれたものに飢えていたもので、壁に掛かった七月二十七日というこれだけの数字、わずかばかりの言葉をひたすら見つめに見つめました。いわばそれを脳の中へとむさぼるように取り込んだのです。それからまた待たされ、待ち続け、ドアがいつ開くものかと見つめ、今回は審問官たちが何を訊くだろうと考えながらも、準備していたのとはまったく違うことを連中が訊いてくるのだということもわかっていました。しかしこの立ったまま待つというのがどれほど辛いことであっても、それは同時に心地よいことであり、喜びでもありました。というのもこの部屋はとにかく自分の部屋とは違うものだったからです。少し大きくて、一つではなく二つの窓があり、ベッドも洗面台もないし、私が何百万回と見ていた窓枠の裂け目もない。ドアの塗装も違うし、壁際には違う椅子があり、左手には書類の入った棚とハンガーの掛かった洋服掛けがありました。そこには三枚か四枚の濡れたコート、拷問官たちの軍用コートが下がっていました。そういうわけで私は何か新しいもの、何か違うものを、飢えきった両の目でようやく何か違うものを見ることができたのです。そして目は貪欲に、ありとあらゆる小さなものにしがみつきました。掛かっているコートの折り目のひとつひとつを観察しました。例えば濡れた襟の一つからぶら下がっている雫ひとつにも目をとめました。あなたには滑稽に聞こえるかもしれませんが、この雫が折り目を伝ってついに滴り落ちるのか、それとも重力に逆らってもっと長いこと持ちこたえるのかと、ばかげた興奮にかられながら待っていたものです。本当に私は何分もの間、息もつかずにこの雫をじっと見つめていました、まるでそこに私の人生が懸かっているかのように。そうしてついに雫が滑り落ちてしまうと、今度はコートのボタンの数を数え始めました。一枚目には八個、二枚目にも八個、三枚目には十個。それから袖口を比べてみました。こういう滑稽な、どうでもいいようなこまごましたものを、私の餓えた目は視線で触れ、弄りまわし、握りしめたのです。あの渇望は言葉にしようがありません。そのときふと、視線が何かの上にくぎ付けになりました。コートの一枚の脇ポケットのところがちょっと膨らんでいるのを見つけたのです。近づいてみると、長方形に出っ張った形を見て、この少し膨れたポケットに隠されているものがわかったような気がしました。本だ！　膝が震え始めました。本なのだ！　四か月の間私は一冊の本も手に取っていませんでした。本というもの、中に言葉が並んでいて、行、ページ、紙といったものがあってそこから何か違う、新しい、未知の、気晴らしになるような考えを読み取り、追いかけ、脳の中へと取り込むことができる、そんな本というものを思い浮かべるだけでも何か陶酔的な、同時に眩惑させるようなものがありました。催眠にかかったように私の目はあのポケットの中の本が形作る微かな湾曲にくぎ付けになり、コートを焦がして穴を空けんとするかのように、この目立たない一つの箇所をじっと見つめました。ついに私は欲求を抑えることができなくなり、思わず一歩そちらへ近づきました。布地を通してでも、本というものに手で少なくとも触れることができると考えただけで、指の神経が爪まで燃え上がるようでした。ほとんど無意識のうちに、私はどんどんそちらへ近寄っていきました。私の振舞いはきっと奇妙だったことでしょうが、幸い監視人は気にかけませんでした。二時間も直立して立っていた人間が、ちょっと壁に寄りかかりたくなるのは自然なことだと思われたのかもしれません。ついに私はコートのすぐそばに立ちました。目立つことなくコートに触れられるよう、両手はわざと背中の後ろにやっていました。私は布地に触れ、確かに布地を通じて何か長方形のもの、しなやかで少しかさかさとしたものを感じました――本だ！　本なのだ！　そのとき何かに撃たれたように考えがひらめきました。その本を盗むのだ！　うまくいくかもしれない、そうしたら独房の中に隠しておいて、読めるではないか、読むんだ、読むんだ、ようやくまた何かを読むんだ！　この考えは私の中に入り込むや否や、強力な毒のような作用を及ぼしました。突如として耳鳴りがし始め、動悸《どうき》がし、両手は氷のように冷たくなって言うことをきかなくなりました。しかし最初の麻痺状態が過ぎると、私は静かに狡猾に、さらにコートの方へ身を寄せました。依然として監視人の方をじっと見ながら、背中の後ろに隠した両手で、本をポケットから少しずつ少しずつ押し上げました。そしてひと摑み、微かで慎重な動きで、私は突然一冊の小さな、あまり分厚くはない本を手にしていました。そこで自分のしたことにぎょっとしました。しかしもう戻れません。とはいえこれをどうしようか？　私は本を背中側の、ズボンがベルトで留まっているところに差し入れ、そこから少しずつ腰のところへ回してきました。ここなら歩くときに軍隊式にズボンの縫い目に手をやって押さえておけるからです。実際にやってみることにしました。コート掛けから一歩、二歩、三歩と離れました。うまくいきました。ベルトにしっかり手を押し付けておけば、歩くときに本を落ちないように押さえていることができたのです。

それから尋問が始まりました。私にとってはいつも以上に緊張を強いられるものでした。というのも実のところ答えている間、私はすべての力を自分の発言ではなく、まずもって本を気づかれないように押さえておくことに集中させていたからです。幸いこの日の尋問は短時間で終わり、本を無事に部屋へと持ち帰ることができました――いちいち細かいことにお引き止めするのはやめておきますが、廊下の途中で一度本がズボンから滑り落ち、私はやむなくひどい咳《せき》の発作に襲われた振りをしてかがみこみ、本をまた無事にベルトの下へ押し戻すことができたものです。その代わり、この本を携えて地獄のような私の部屋へ戻り、ようやく一人になり、しかしもはや一人きりではなくなった、それはなんという瞬間だったことでしょうか！

さて、私がすぐに本に飛びついて眺め、読んだこととお思いでしょうか。違うのです。まず私は本が手元にあるのだという、楽しみな気持ちを味わいつくそうとしたのです。意図的に先延ばしにして、私の神経に素晴らしい興奮を与えていたこの欲望をもって、私はこの盗んだ本がどんなものであったら一番喜ばしいだろうかと夢想しました。何よりとても多くの文字がびっしり印刷されていて、とても薄いページがたくさんあるといい、長く読んでいることができるように。それから、精神的に張り合いの出るような作品であるといいと思いました。平板で軽いものではなく、読んで学び、暗唱することができるようなもの、詩であるとか、一番は――なんと大胆な夢でしょうか――ゲーテとかホメロスであればいいと。しかしついに私は渇望と好奇心にもはや耐えられなくなりました。番人が突然ドアを開けたときに不意をつかれないように、私はベッドに横になって、身震いしながらベルトの下から本を取り出しました。

一目見て失望、それどころかある種の激しい怒りさえ覚えました。これほどの恐ろしい危険を冒して摑み取り、かくも燃えるような期待をもって今まで取っておいたこの本は、なんとチェスの試合目録、百五十の世界大会の試合を集めたものだったのです。幽閉された身でなかったなら、こんな本は最初の憤りに任せて窓から放り出してしまったことでしょう。だってこのナンセンスを一体どうすればいいというのでしょうか。ギムナジウムに通っていた少年時代には、たいていの生徒と同じように私も暇に任せて時々チェス盤の前に座ってみることはありました。しかしこの理論的な代物が私にとってなんだというのか。チェスというのは相手がいなければプレイできないし、駒も盤もなければならないでしょう。不機嫌になって私はページをめくり、せめて前書きでも手引きでも、何かしら読めるものが見つからないかと探してみました。しかしあるのはただ、名人たちの試合のひとつひとつを描いた、説明も何もない正方形の図面、そしてその下にa1－a2、Sf1－Sg3などというような記号が書いてあるだけで、それも私には初めのうち何のことだかわかりませんでした。どれもこれも解読の鍵がない数式のように見えました。そのうちようやく、このabcという文字が縦の列、1から8の数字が横の列を示していること、そしてイニシャルがそれぞれの駒を意味していることが理解できてきました。そうなると純粋な図形にすぎなかった図面が、ともかく一つの言語を手に入れました。もしかすると、この独房でチェス盤のようなものを作って、これらの試合を再現してみることができるかもしれないと私は考えました。天からの暗示のように、ベッドのシーツが偶然にも粗い格子模様になっていることに気づきました。うまく畳めば、六十四マスの盤面になるように置くことができたのです。そこで私はまず本をマットレスの下に隠し、最初のページだけを切り取りました。それから、食事のときに少しずつ取っておいたパンくずで、もちろん滑稽なほど不完全なものでしたが、キング、クイーンなどの駒の形を作り始めました。さんざん苦労してついに、格子模様のシーツの上で、本に描かれている構図の再現に取りかかることができました。しかし試合全体を再現してみようとすると、最初のうちは私の拙いパンくずの駒ではまったくうまくいきませんでした。駒を色分けするために、半分の駒には埃で黒っぽく色づけしていたのですが。最初の何日かは混乱し通しでした。五回、十回、二十回と、この一つの試合を繰り返し最初からやり直さなければなりませんでした。しかし私ほどに、この無の奴隷ほどに、役立たずの使いようのない時間を持て余している人間が、私ほどに計り知れない欲求と忍耐を手にしていた者がこの世にいたでしょうか。六日後には、私はもうこの試合を間違いなく最後までプレイすることができました。その一週間後にはもうシーツにパンくずの駒を並べなくても、チェスの本を見て駒の配置を思い浮かべられるようになり、次の一週間でシーツの格子模様さえも要らなくなりました。初めのうちは抽象的だったａ１、ａ２、ｃ７、ｃ８というような本の中の記号が、私の頭の中で自動的に視覚的なものへ、立体的な配置へと変わるようになりました。この切り替えは完全にうまくいきました。チェス盤と駒を内面へと投射して、記号を見るだけでその都度の配置を見通すことができるようになったのです。ちょうど熟練の音楽家が譜面《スコア》を見るだけですべての声部と全体の響きを聴くことができるように。その後の二週間で、私は苦もなく本に収められたどの試合も諳で――あるいはチェスの専門用語で言うならば「目隠し」で――再現できるようになりました。このときになってようやく、あの不敵な盗みによってなんと途方もない恵みを獲得したのかを理解し始めました。というのも突如として私はやるべきことを得たのですから。無意味な、無目的なといってもいいですが、しかしともかく私を取り囲む「無」をなきものにしてくれる行為でした。大会における百五十の試合という形で、私は空間と時間との圧迫するような単調さに対する絶妙な武器を手にしたのです。この新しい仕事の刺激を途切れることなく保つために、このときから私は一日を正確に区切るようにしました。

午前中に二試合、午後に二試合、晩にさっと復習です。こうすることで、ゼリーのように形を失って伸びきってしまっていた私の一日が中身を持つようになり、疲れることなく心を煩わせていることができるようになりました。というのもチェスというものには素晴らしい利点があって、精神のエネルギーを狭く限定された場へと閉じ込めることで、めいっぱい根を詰めて思考しても脳を弛緩させることなく、むしろその敏捷《びんしょう》さや意欲を研ぎ澄ますことができるのです。最初はただ名人たちの試合を機械的に再現するだけだったのが、次第に芸術的な、快楽を帯びた理解が自分の中に目覚め始めました。攻撃や防御における精巧さや策略、鋭さがわかるようになり、先読みやコンビネーション、反撃のテクニックを把握し、やがて詩人の詩句を数行読むだけで誰のものか判断できるように、チェス名人一人一人の特性を、それぞれの振舞いの内に誤りなく認識できるようになりました。単に時間を満たすための仕事として始めたものが楽しみに変わり、アレヒン、ラスカー、ボゴリュボフ、タルタコワといった偉大なチェスの戦略家たちは、愛すべき仲間となって私の孤独な世界へと踏み入ってきたのです。絶えず変化があることによって、物言わぬ独房は日々活気づき、まさに訓練を規則正しくすることによって、かなり揺らいでいた私の思考力は安定を取り戻しました。脳がすっきりとして、それどころか、絶えざる思考の規律化によって、いわば新たに研ぎ澄まされてきたのが感じられました。よりはっきりと簡明に思考するようになったということは、とりわけ尋問の際に証明されました。知らず知らず私はチェス盤の上で、偽りの脅威や隠された手口に対する防御に磨きをかけていたのです。このときから私は尋問の席でももはや無防備ではなく、ゲシュタポの連中も次第に、ある種の敬意をもって私を見るようになったような気さえしました。彼らは他の誰もが倒れていくのを見ていたわけですから、一体どんな秘められた泉から私だけがこのような揺るぎない抵抗の力を汲み出しているのかと、密かに自問していたのかもしれません。

これが私にとっては幸福な時間でした。かの本にある百五十の試合を毎日規則的に再現していたこの日々は、二か月半から三か月くらい続きました。それから私は不意に暗礁に乗り上げてしまいました。突如として私は再び無の前に立っていたのです。というのも、これらの試合のひとつひとつを二十回も三十回も最初から最後までプレイしてしまうや、新しいものの魅力、意外さは失われてしまい、かつてはあれほど興奮を呼び起こし、わくわくさせてくれた力は尽き果ててしまっていました。一手一手をとうに諳んじてしまっているゲームを何度も何度も繰り返すことにいかなる意味があるでしょうか。最初の一手を指すや、試合の進行はいわば自動的に私の中で編みあがっていき、驚きもなければ緊張感もなく、何の問題も起こらない。何かやることを作るため、すでに私には欠かせないものとなっていた精神の緊張と気晴らしを生み出すためには、別の試合の載った別の本が必要でした。しかしそんなことはまったく不可能でしたから、この奇妙な迷い道の行く先は一つしかありませんでした。すなわち古い試合の代わりに新しいものを考え出さなければならない。自分自身と、あるいは自分自身を相手にプレイしてみるしかなかったのです。

このゲームの中のゲームたるチェスにおける精神状態というものについて、どの程度思案なさったことがおありかは存じません。しかしちょっと考えてみるだけでも十分おわかりになると思いますが、偶然から剝ぎ取られた純粋な思考の戯れとしてのチェスというものにおいて、自分自身を相手にプレイするというのは理の当然としてナンセンスな事態になります。チェスの魅力というのは根本的に、二つの別々の脳の中で別々に戦略が展開されるということにこそあるのですから。すなわちこの精神の戦争において、黒はその都度の白の策略を知らず、常に推測して妨害しようと試み、白の側もまた黒の隠された意図を見抜いてそれをかわそうと努めるということです。もし黒と白を同じひとりの人間が担うとなると、同じ一つの脳が同時に、あることを知っていながらやはり知らずにいなければならないという、矛盾した状況が生じます。ほんの一分前に黒として意図し目指していたことを、白としての働きをするにあたっては号令と共にすっかり忘れ去ることができなければならないのです。このような二重の思考というのは実際、意識が完全に二つに分裂していることを前提とします、機械のように脳の機能を任意にオンにしたりオフにしたりできるということを。自分自身を相手にプレイしようとすることは、つまりチェスにおいては自分自身の影を飛び越えようとするようなパラドックスを意味するわけです。

ということで簡単に言いますと、この不可能で理不尽なことを私は何か月かかけて絶望的に試みました。しかしまったくの狂気や完全な精神衰弱に陥らないためには、私にはこの不条理のほかに選択肢がなかったのです。私の置かれた恐ろしい状況に強いられて、黒の私と白の私の分裂というのをとにかく試してみるしかありませんでした。私を取り巻くぞっとするような無によって窒息してしまわないために」

B博士はデッキチェアに背を預け、一分ほどの間、目を閉じた。心を乱す思い出を必死に抑え込もうとしているかのようであった。再びあの奇妙な、彼自身もコントロールできないぴくりとする動きが、左の口の端を走った。それから彼は椅子に少し浅く座り直した。

「さて――ここまでのところは、すべてをかなりわかりやすくご説明できたのではないかと思います。ですがここからも同じようにはっきりと明らかにすることができるかということになると、残念ながらまったく自信がありません。というのもこの新たに始めたことは、本当に限りない脳の緊張が要求されるものなので、それと同時に自分をコントロールするということはまったく不可能になってしまうのです。自分を相手にチェスをプレイしようとするなどというのは私の考えではそれ自体ナンセンスなことだと、先ほど仄めかしておきましたね。しかしこの不条理も、もし現実のチェス盤が目の前にあれば僅かながらチャンスはあるでしょう、なぜならチェス盤がその実在性によってともかくある種の距離を、物質的な治外法権とでもいうべきものを可能にしてくれますから。本物のチェス盤と本物の駒を前にすれば、考える時間もとれるし、純粋に身体的にテーブルのこちら側にきたり、あちら側に行ったりして、それによって状況を黒の立場から見たり、白の立場から見たりということができます。しかし私のように、自分自身に対する、あるいは自分自身とともにすると言ってもいいですが、そういう戦いを想像上の空間に投影しなければならないということになると、自分の意識の中でその都度の状況を六十四マスの盤の上ではっきりと捉え、しかもそのときの構図だけでなく、両方の側に関してその先にありうべき手を精密に計算し、それも——こういうすべてが不条理に聞こえるのはわかっていますが——二重三重に、それどころか六重、八重、十二重にも想像を広げなければならないのです、私自身のそれぞれの側、黒としてまた白として、それぞれ四手五手先まで。こんなおかしなことを考えていただくのをお許しください——想像上の抽象的な空間で、一方では白として四手か五手先を読みながら、同時に黒としても同じことをする、つまり今ある状況の先の展開をいわば二つの、白の脳と黒の脳とで構成してみなければならなかったのです。しかしこのように自分自身が二つに分けられるということも、この不条理な実験においてもっとも危険なことというわけではありませんでした。もっとも危険だったのは、こうして自分で試合を考え出すことによって、突然足元の地面を失ってしまい、底なしの世界へ落ち込んでしまったということなのです。それ以前の数週間にやっていたように、名人たちの試合を後追いしているだけであれば、それはつまるところ再現の仕事にすぎず、与えられた材料を純粋に再構成するだけであり、そうである限りにおいては例えば詩を暗唱したり、法律の条文を覚えたりするのと同じくらいの努力しか必要としません。それは限界のある、規則付けられた行為で、それゆえにうってつけの精神的訓練になったのです。午前中に二番、午後に二番試みていたゲームは、決まったリズムを作っており、私は何も気を立てることなく片付けることができました。それらは日常の仕事を置き換えてくれるものでしたし、もし指していく中で間違えたり、先が分からなくなったりしても、まだ本の中に取っ掛かりがありました。この行為が私の不安定な神経を癒し、落ち着かせてくれたのは、他人の試合の再現なら自分自身が試合に入らずに済むからだったのです。黒が勝とうが白が勝とうが、私にはどうでもいいことでした。チャンピオンの棕櫚の葉を賭けて戦っているのはアレヒンとかボゴリュボフとかであって、私自身の人格、理性、心はただ観客として、通人としてそれぞれの試合の展開や美しさを楽しんでいただけだったのです。しかし自分自身と試合することを試み始めたそのときからは、私は知らず知らずのうちに自分自身を挑発するようになりました。二人の私のいずれも、黒の私も白の私も、互いに競い合い、それぞれ相手に対して闘志を燃やし、勝とう、試合をものにしようと躍起になるのです。白の私が指す手のひとつひとつに、黒の私が興奮しました。私の一方がミスをして自分の不手際に腹を立てているのと同時に、もう一方の私が勝ち誇るのでした。

こういうことは何もかもばかげて見えますし、実際このような人為的な分裂症、危険な興奮を伴った意識の分断などというのは、普通の状態にある普通の人間においては考えられないことでしょう。ですが忘れないでください、私はあらゆる普通の状態から無理やりに引き離されていたのです。囚人として、罪もなく幽閉され、何か月も巧妙に孤独で責め苛《さいな》まれていて、積み上がった憤怒をどうにかして解放することをずっと求めていた人間なのです。そしてこの自分自身を相手にしたばかげたゲームの他に何も持っていなかったために、私の怒り、私の復讐《ふくしゅう》欲は狂信的にこのゲームへとのめり込んでいきました。私の中の何かが自分の正しさを証明しようとするのですが、しかし私が戦うことのできる相手は、この自分の中にいるもう一人の自分しかいなかったのです。こうして私は試合の中でほとんど躁病的な興奮にまで上りつめていきました。最初はまだ落ち着いてよく熟考し、試合と試合の間には休憩を入れて緊張から回復できるようにしていました。しかし次第に私の高ぶった神経は、もはや待つということを許さなくなってきました。白の私が一手指すや、すぐに黒の私が熱っぽく飛び出してくるのです。一つの試合が終わるや、一人の私がもう一人の私に即座に次の試合を求めました。というのも試合ごとに、二人のチェスをする私の一方がもう一方の私に負かされて、仕返し《ルヴアンシュ》を欲したからです。この狂気のような貪欲さの結果、最後の数か月間独房の中で自分を相手に何試合プレイしたものか、近い数でさえ言うことはとてもできません。千回か、あるいはもっと多いかもしれません。抗いようのない憑依《ひょうい》でした。早朝から夜まで、私はビショップにポーン、ルークにキング、aにbにc、詰みとかキャスリングといったこと以外何も考えず、全存在と全感覚をもって格子の方陣へと突き動かされていました。ゲームの喜びがゲームの欲求になり、ゲームの欲求がゲームの強迫に変わり、病癖になり、狂躁的な熱中となって、それは起きている時間だけでなく、次第に眠りにまで侵入してきました。もはやチェスのことしか考えられず、チェスの動きで、チェスの問題としてしか考えられなくなりました。時折額を汗で濡らして目を覚まし、眠りの中でさえ無意識のうちにプレイし続けていたに違いないと気づくこともありました。人間を夢に見るときには、ビショップとかルークの動き、ナイト跳びで進んだり戻ったりする動きでしか見られなくなりました。尋問に呼ばれたときでさえ、もう自分の責任のことをすっきりと考えることはできませんでした。最後の頃の尋問では、私はかなり混乱した様子だったのではないかと感じています、なぜなら尋問者たちが時々不思議そうに顔を見合わせていましたから。しかし実際には、彼らが質問したり協議したりしている間、私は呪われた渇望の中でひたすら、また独房へ連れ戻されることを待ち続けていたのです、また自分の試合を、狂った試合を続けるために、次から次へとまた新しい試合を。あらゆる中断は煩わしく思われるようになりました。番人が独房を掃除する十五分、食事を持ってくる二分の間さえも、私の熱を帯びた焦燥にとっては苦痛でした。時には試合に没頭して食べることを忘れてしまい、夜になっても食事の入った鉢に手を付けていないことがありました。ただ一つ私の身体が感じたのは、恐ろしい渇きでした。常に考え、プレイし続ける熱のせいだったに違いありません。一本の瓶を二口で飲み干し、もっと欲しいと番人を煩わせ、それなのに次の瞬間には口の中で舌がまた渇いているのでした。ついにはゲームをしている間の——しかも朝から晩までそれ以外何もしていなかったのです——興奮はあまりにひどくなり、一瞬たりともじっと座っていることができないほどになってしまいました。試合のことを考えている間じゅう、絶え間なく私は行ったり来たり歩き回りました、ますます速く、もっと速く、行ったり来たり、行ったり来たり、行ったり来たり、試合の決着が近づくほどにますます熱を帯びて。勝ちたい、勝利したい、自分自身を打ち負かしたいという欲求は、次第に一種の憤怒のようになり、私はいらだちに震えました、というのもチェスをする私にとって、試合相手の私はいつでものろますぎたのです。一方がもう一方を駆り立てるのです。あなたには滑稽に思われるかもしれませんが、一方の私がもう一方の私の手に応じるのが遅すぎるように思われると、自分自身に対して『早くしろ、もっと早くしろ！』とか『進めろ、進めろ！』とののしるようになりました。もちろん今から思えば、こうした私の状態がすでに精神の過度な興奮によるまったく異常な病態であったというのは明らかで、現在のところ医学では知られていないものとして、「チェス中毒」と名付けるしかなさそうです。ついに私の偏執的な狂気は、脳だけでなく身体にも攻撃を加え始めました。私は痩せ衰え、眠りは不穏で乱れたものになり、起きるときは毎回、鉛のように重い瞼を無理やりに開けるのに大変な努力を要しました。身体に力が入らないように感じて、グラスを手にしたときに唇まで持っていくのが難しいほどに手が震えていることもありました。しかしゲームが始まるや否や、激しい力が私を征するのです。私は行ったり来たり、行ったり来たりと拳を固めて走り回り、時折赤い霧を隔てたように自分のしゃがれた邪悪な声が、自分自身に向かって『王手！』とか『詰み！』と叫ぶのを聞くのでした。

このぞっとするような、なんとも説明しようのない状態がどうやって破綻に至ったのか、自分ではお伝えすることができません。それについて私が知っているのはただ、ある朝目覚めると、それがいつもと違う目覚めであったということだけです。身体がいわば自分から遊離したかのようで、穏やかに心地よく安らっていました。もう何か月も味わっていなかったような、重々しく快い疲労感が瞼の上に、温かく優しく乗っていたので、初めのうちは目を開けようという気になれませんでした。何分かの間私は目覚めていながら、この重く麻痺したような、生温く横たわった状態を、快楽に酔いつつ味わっていました。ふと背後で声が、生きた人間の声がしたような気がしました。そっとささやくような、何か言葉を話すような声でしたが、そのときの私の歓喜をあなたは想像できないことでしょう。もう何か月、ほとんど一年近くというもの、私が耳にしていたのはただ、判事席から発せられるきつく鋭い、悪意に満ちた言葉だけだったのです。『夢を見ているんだ』と私は自分に言いました。『夢を見ているんだ！　絶対に目を開けてはいけない！　もう少しこの夢を見続けるんだ、さもなければまたあの呪わしい独房、椅子と洗面台とテーブルと、いっこうに変わらない模様のついた壁紙に囲まれているのを見ることになる。夢を見ているんだ――夢を見続けろ！』

しかし好奇心が勝りました。私はゆっくりと慎重に瞼を上げました。すると、奇跡が起こったのか。私がいるのは別の部屋、ホテルの部屋よりもずっと大きく広々とした部屋でした。格子のはまっていない窓から外の光が差し込み、硬い防火壁ではなく緑の木が、風に揺れる木が見え、壁は白く滑らかに輝き、頭上には白く高い天井がありました――まさしく、私は新しい、馴染《なじ》みのないベッドに横たわり、本当に夢ではなく、背後で人の声がささやいていたのでした。驚きのあまり私は無意識に激しい動きをしたようで、すぐに後ろから近づいてくる足音がしました。一人の女性が柔らかな足どりでこちらへやってきました、白い帽子を髪に載せた女性、看護婦でした。身体に恍惚《こうこつ》の震えが走りました。この一年というもの私は、一人として女性を見ずにいたのです。私は彼女の優しい姿を見つめ、それが無作法で陶酔的な目つきであったのでしょう、『落ち着いて！　落ち着いてください！』と、近づいてきたその女性は急いで私をなだめました。でも私はひたすら彼女の声に耳を澄ましていました――今ものを言ったのは人間ではないか？　この地上にまだ、私を尋問し、苦しめるのではない人間がいるというのか？　しかも――想像を絶するような奇跡です――柔らかく温かく、ほとんど愛撫するがごとき女性の声なのです。むさぼるように私は彼女の口を見つめました、この地獄のような一年の中で、人が人に善意を持って語りかけることができるなどというのは、私にとってありえないことになってしまっていたのですから。彼女は私に微笑みかけました――ええ、微笑んでくれたのです、親切に微笑むことのできる人間がまだいたのです――、そして警告するように唇に指をあて、そのまま静かに歩いていきました。しかし私は彼女の命令には従えませんでした。この奇跡をまだ見飽きるには至らなかったのです。彼女を、人間らしい存在という奇跡を目で追いかけるために、私は無理やりにベッドの上で体を起こそうとしました。ところがベッドの縁につかまろうとしたところ、うまくいきませんでした。右手の指と関節があるはずのところに、何かおかしなものを感じました、分厚く大きな白い束のようなもので、見たところぐるぐる巻きにされた包帯のようでした。私ははじめ訳が分からずに、自分の手に巻かれたこの白く分厚い見慣れないおかしなものをびっくりして眺めましたが、やがて自分がどこにいるのか少しずつわかってきて、自分にいったい何が起こったのだろうかと考え始めました。誰かにけがをさせられたか、自分自身で手を傷つけたのに違いありません。私は病院にいたのです。

正午に医者がやってきました。感じのいい少し年のいった男でした。彼は私の一家の名前を知っており、皇帝の侍医であった叔父の名前を尊敬をもって口にしたので、すぐにこの人は私に好意を持ってくれているという思いに襲われました。話を続ける中で医者はあらゆる質問を私に向けましたが、特に私が驚いたのは、私が数学者か化学者であるかというのでした。私は違うと言いました。

『おかしいですね』と彼は呟きました。『熱に浮かされて、あなたはずっと奇妙な公式を叫んでいたのですよ、c3とかc4とか。我々の誰にも何のことだかわかりませんでした』

私は自分の身に起こったことを尋ねてみました。医者は奇妙な微笑を浮かべました。

『何も深刻なことではありませんよ。急性の神経の興奮です』と彼は言うと、注意深くあたりを見回してから小声で付け加えました。『つまるところ十分理解可能なものです。三月十三日から[032]でしょう、ね？』

私はうなずきました。

『あのやり方ですから不思議なことではありません』と医者は呟きました。『あなたが初めてではありません。でも心配は要りませんよ』落ち着かせるようにささやく話しぶりと、なだめるような眼差しによって、この人のもとで自分が十分に守られているのだということがわかりました。

二日たってから、この親切な医者は事の次第をかなり率直に説明してくれました。私が独房の中で大声で叫んでいるのを番人が聞き、最初は誰かが押し入って私と争っているのかと思ったそうです。しかし番人がドアのところに現れるや、私は彼に向かって突進し、『早く指せ、この悪党、臆病者！』というようなことを怒り狂った声で叫びながら、彼の喉元に飛びかかり、荒々しく襲いかかったので、番人はやむなく助けを呼びました。荒れ狂った状態の私を医者の検査に引きずっていく途中で、私は突然身を振りほどき、廊下の窓に突進し、ガラスを割って手を切ったのでした――ここにまだ深い傷跡が残っているでしょう。病院での最初の幾夜かの間、私は脳が熱に浮かされた状態でしたが、今ではすっかり意識ははっきりしていると医者は言いました。『とはいえ』と彼は小声で付け加えました、『そのことはお偉方には黙っておきましょう、でないとあなたはまたあそこへ連れ戻されてしまいますから。私にお任せください、最善を尽くします』

この親切な医者が私について拷問者たちにどんなことを告げたのかは、私の知るところではありません。ともかく彼は目指したところのもの、すなわち私の釈放に至ることができました。彼が私のことを責任能力がないと宣言してくれたのかもしれませんし、あるいはこの間に私がゲシュタポにとって重要性を失っていたのかもしれません、というのもヒトラーはあれからベーメンを占領[033]し、それでもってオーストリアの問題は彼にとって片付いたものになってしまったからです。こうして私はただ、我々の故国を十四日以内に去ることという約束にサインするだけで済み、この十四日間は無数の書類を書くことで手一杯でした。今日ではこういうものをかつての世界市民[034]が外国へ出るために求められるのです、軍の書類、警察、税金、パスポート、ヴィザ、健康診断書など。おかげで、過ぎ去ったことをしっかりと思い返してみる時間がありませんでした。どうも我々の脳には、精神に負担をかけて危険になり得るようなものを自動的にシャットアウトしてくれるような、不思議な調整力が備わっているようです。というのもあの独房にいたときのことを思い出そうとするといつも、私の脳の中ではいわば光が消えるようになってしまいましたから。何週間もたって、実を言えばこの船に乗ってからようやく、自分の身に起こったことを思い出してみようとする勇気を取り戻したのです。

　いまやおわかりでしょう、私があなたのご友人たちに対してなぜあのような場にそぐわない、恐らくわけのわからないものだったであろう態度を取ってしまったのか。私はただたまたま喫煙室をぶらついていたところで、ご友人たちがチェス盤の前に座っておられるのを見たのでした。驚愕と恐怖のあまり、思わず私は足に根が生えたように感じました。というのも私はすっかり忘れていたのです、チェスというゲームにおいては本物の盤と駒を使って、二人のまったく別々の人間が互いに生きた身体で向かい合って座るものだということを。これらのプレイヤーがやっているのが、私があの絶望的な状況で何か月も自分を相手に試みていたのと、基本的には同じゲームなのだということを思い出すのに、本当に数分はかかりました。あの厳しい修行の間、私がやりくりしていた記号というのは、この象牙の駒[035]の代わりであり、象徴でしかなかったのです。この盤の上の駒の動きが、思考の世界で仮想的に想像していたものと同じなのだということに対して私が感じたのは、天文学者が複雑な理論を使って紙の上で新しい惑星の存在を算出した後で、それが本当に白く明るい実体を持った星として空にあるのを目にしたときの驚きに似たものであるかもしれません。磁石に引き付けられるように私は盤を見つめ、そこに自分の盤面を、木で彫られた本物の駒となったナイトやルークやキングやクイーンやポーンを目にしました。試合の状況を見通すために、私は無意識のうちにそれをまず自分の抽象的な記号の世界から、この動く駒の世界へと調整し直さなければなりませんでした。そうするうち、二人のパートナーの間で行われるこのような現実の試合を観察することへの好奇心にとらわれました。それであのようなばつの悪いことになって、礼儀も何も忘れてあなた方の試合に介入してしまったわけです。ですがあのご友人の間違った一手は、私を心臓への一刺しのように襲ったのです。あの方を止めたのは本能的な行為、衝動的な干渉でした、例えば子供が手すりから身を乗り出しているのを何も考えずに引き戻すような。後になってようやく自分のひどい不作法に気づきました、あまりに慌てたもので大変申し訳ないことをいたしました」

私は急いで、この偶然によってB博士と知り合いになれたことを我々皆がどんなに嬉しく思っているかということを確言した。そして彼が私に打ち明けてくれたことすべてを聞いたことで、明日即興で試合をする彼を見られることは、私にとってますます興味深いものになるだろうと。B博士は落ち着かなげな動きを見せた。

「いえ、本当にあまり多くを期待しないでください。これは私にとっての単なるテストにしたいのです――いったい私が……そもそも普通のチェスの試合を、本物のチェス盤と本物の駒を使い、生身のパートナーと行う試合をできるのかというテストです。というのも、私がプレイしたあの何百あるいは何千という試合が、本当にルールに則ったチェスの試合であったのか、ますます疑わしい気がしているのです。あれは単なる夢想のチェス、熱に浮かされたチェス、熱に浮かされた試合で、夢の世界がいつもそうであるように、中間段階を飛ばしたものにすぎなかったのではないかと。どうか私がチェス王者の方、それも世界でトップの方に立ち向かうことができようと思い上がっているなどと本気でお考えにはならないでくださいね。私の関心をひき、心をとらえているのはただ、後になって湧いてきた好奇心なのです、あの独房の中でしていたことがなおチェスであったのか、あるいはすでに狂気であったのか、私が危険な岩礁のまだこちら側にいたのか、それとももう向こう側に行ってしまっていたのか、確かめてみたいのです。ただそれだけ、それだけですから」

この瞬間、船尾の方から夕食を告げるゴングが響いた。我々は二時間近くも話していたことになる（B博士はここで私がまとめたよりもはるかに詳細に話をしてくれたのだ）。私は心から彼に感謝して辞去した。だが甲板に沿って歩き出すや否や、B博士が私を追いかけてきて、明らかに神経の高ぶった様子で、いくらかつかえながら付け加えた。

「もう一つだけ！　後で無礼なことになりたくないので、皆さんにあらかじめお伝えください。私はただ一試合しかプレイしません……これは古い請求書の下に引く締めの一線以上のものにはしないつもりです――これっきりけりをつけるもので、新たな始まりではないということです……二度とあの、思い出すのもぞっとする激情的なゲームの熱にとらわれたくはないのです。それに……それに医者もあのとき私に警告していました……はっきりと警告していました。ある病的な偏執の状態にとらわれた人間には、永久に危険が伴っており、たとえ完全に治ったとしても、チェス中毒になった以上もうチェス盤には近づかない方がよいと……ですからおわかりいただけますね――このただ一度の、私のためのテスト試合だけ、それ以上はやりません」

　翌日、約束の時間ちょうどに我々は喫煙室に集まった。我々のグループにはさらに二人、この王者の芸術の愛好家が加わっていた。この二人の上級船員は、ゲームを観戦できるように船の仕事の休みを取ってきたのである。チェントヴィッチも前の日のように待たせることなくやってきて、お決まりの色の選択に続き、この知られざる奇人《ホモ・オブスクリシムス》[036]と世界チャンピオンとの記憶に値する試合が始まった。この試合が我々のようなまったく専門知識のない観客だけを前に行われ、その進行が音楽におけるベートーヴェンのピアノ即興のように、チェス専門家の年鑑に載ることなく失われてしまったのは遺憾なことである。我々も翌日以降の午後に、記憶を頼りに皆で試合を再構成してみようと試みはしたのだが、うまくいかなかった。全員が試合の間じゅうあまりにも熱中し、試合の運びよりも二人のプレイヤーに関心をひかれすぎていたのだろう。というのも二人のパートナーの振舞いに見られる精神の対照性は、試合が進むにつれてますます身体的な形でありありと見えてきたからだ。熟練者のチェントヴィッチは、終始岩の塊のように動かず、目は厳しくじっとチェス盤に向かって沈み込んでいた。思考するということは彼においては、あらゆる臓器を極度に集中させることが必要な、ほとんど身体的な骨折りであるかのように見えた。これに対しB博士は気張らずのびのびと動き回っていた。語のもっとも良い意味でのディレッタントそのものとして、すなわちゲームにただゲームのみを、つまり楽しみ《ディレット》をもたらすものだけを見出す人間として、彼は身体を完全にリラックスさせ、最初の手の合間には我々との雑談の中で説明をしてくれ、軽やかな手つきで煙草に火をつけ、自分の番になった時だけ、ほんの一分ほど盤に目をやるのみだった。そのたびに、彼は相手の指し手をあらかじめ予期していたのではないかというように見えるのだった。

冒頭の定石の何手かはあっという間に指された。七手目か八手目でようやく、ある種の計略のようなものが生じてきた。チェントヴィッチは考慮時間を引き延ばし始めた。それによって我々は、主導権をめぐる真の戦いが始まりつつあることを感じた。だが事実を尊重するために言っておけば、本物の大会における試合というのがどれもそうであるように、状況が次第に展開していくさまというのは我々素人にはいささか失望を与えるものであった。というのも、駒が不思議な構図を描いて互いに絡み合っていけばいくほど、本当のところはどうなっているのか我々にはますます理解できなくなってしまったからだ。対戦する二人のどちらが何を意図しているのかもわからず、実際二人のうちどちらが有利な状態にあるのかもわからなかった。ひとつひとつの駒が、敵の前線を突破すべくスイッチのように動かされているのだけは見て取れた。しかし――この二人の卓越したプレイヤーにおいては、あらゆる動きが何手も先まであらかじめ読み切られているのだから――行ったり来たりの動きの中にある戦略的意図を摑むことは不可能だった。加えて次第に気力を萎えさせる疲労が伴ってきたが、これは主にチェントヴィッチの延々と続く考慮時間のせいであり、我らが友も明らかにいらだち始めていた。試合が長引くにつれ、彼が椅子の上でますます落ち着かない動きを見せ、神経質に煙草に一本また一本と火をつけたり、鉛筆を握って何かをメモしようとしたりするのを、私は不安な気持ちで見ていた。そうかと思うと彼はミネラルウォーターを注文し、グラスを次々とせわしなく空にした。彼はチェントヴィッチよりも何百倍も速く読みを済ませているようであった。チェントヴィッチが恐ろしく長く考えた末に手を決めて、重いその手で駒の一つを前進させると、その度に我らが友は、長く待ち望んでいたことが実際に起こったとしか思われないような微笑みを浮かべて、即座に返す手を指した。高速回転する頭脳の中で、彼は相手の反応のあらゆる可能性をあらかじめ読んでいたのに違いなかった。それゆえ、チェントヴィッチが決断を引き延ばすほどに、B博士のいらだちはますます高まっていき、待っている間に彼の唇には怒りに満ちた、ほとんど敵対的な表情がしみつくようになった。しかしチェントヴィッチはまったく急《せ》くことはなかった。彼は頑固に口を閉ざして考え、盤面から駒が消えていくにつれ、よりいっそう長い時間をかけた。二時間四十五分が過ぎ、四十二手のところで、我々はもう皆疲れ切って、ほとんどどうでもいいような気分でテーブルの周りに座っていた。船員の一人はすでに席を離れており、別の一人は本を読み始め、変化があったときに一瞬目を上げるだけだった。ところが突如として、チェントヴィッチが手を指したところで、思いがけないことが起こった。彼がナイトを進めるべく手に取ったのに気づくと、B博士は飛びかかろうとする猫のように前かがみになった。その全身は震え始め、チェントヴィッチがそのナイトの手を指すや、B博士はすばやくクイーンを押し出し、大声で勝ち誇るように「ほら！　これで片付いた！」と言い、背もたれに身体を預けて腕を胸の前に組み、挑発するような目でチェントヴィッチを見た。その瞳の中には突然の熱い光が差していた。

我々は思わず盤の上に身を乗り出して、このように勝利を告げるそれとして宣言された一手を理解しようとした。ぱっと見たところでは、直接的な脅威を見て取ることはできなかった。ということは我らが友の発言は、読みの足りない我々ディレッタントが計算しきれなかったこの先の展開に対するものだったに違いない。我々の中で、先の挑発的な勝利宣言に対して動きを見せなかったのはチェントヴィッチだけであった。あの侮辱的な「片付いた！」という言葉を完全に聞き逃していたかのように、動じることなく座ったままだった。何も起こらなかった。全員が無意識のうちに息を止めていたため、一手の時間を計るためにテーブルの上に置いていた時計の針の音が、突如として聞こえるようになった。三分が過ぎ、七分が過ぎ、八分が過ぎた――チェントヴィッチは動かなかった、しかし私には彼の膨れた鼻孔が、内面の緊張によってさらにぐっと広がっているように思われた。我らが友にとっても我々と同様に、こうして沈黙のうちに待ち続けるのは耐え難いようであった。突然さっと彼は立ち上がり、喫煙室の中で行ったり来たりと歩き始めた。初めはゆっくりと、やがてだんだん速く、ますます速く。全員が不思議そうに彼を見やったが、しかし私ほど落ち着かない気持ちになった者はいなかった。なぜならこれほど激しく行ったり来たりしているのに、彼の歩む間隔はまったく同じだけの距離を正確に測っていることに気づいたからだ。あたかも何もない部屋の中で、その都度見えない障壁に突き当たり、向きを変えることを余儀なくされているかのようだった。この行ったり来たりが無意識的に、彼がかつていた独房の大きさを再現しているのだということに思いいたって、私はぞっとした。まさにこのようにして彼は軟禁されている数か月の間、檻《おり》に閉じ込められた獣のように、行ったり来たりと走り続けていたに違いなかった、まさにこのように手をひきつらせ、肩を丸めて。このようにして、ひたすらこのようにして、彼はあの独房で何千回と行きつ戻りつ歩き続けていたに違いない、狂気の赤い光を、こわばった、しかし熱に燃える眼差しに宿しながら。それでも彼の思考能力はまだ完全に正常であるらしく、折に触れてもどかしげに、チェントヴィッチがもう決断を下したかとテーブルに顔を向けた。だが九分が過ぎ、十分が過ぎた。そしてついに、我々の誰も予期していなかったことが起こったのだった。チェントヴィッチはそれまでじっとテーブルの上に置いていた重い手をゆっくりと持ち上げた。緊張のうちに我々全員が彼の決めた手を見守った。しかしチェントヴィッチは手を指さなかった、その代わり彼の伏せた手が、きっぱりとした動きですべての駒をゆっくりと盤から押しのけた。次の瞬間になってようやく我々は理解した。チェントヴィッチは試合を諦めたのだ。彼は投了したのだ、我々の前で目に見える形で詰ませられないために。これ以上ないほどありえそうにないことが起こった、無数の大会でチャンピオンになってきた世界王者が、まったく無名の人間、二十年か二十五年の間チェス盤に触ったこともなかった男に負けを認めたのだ。我らが友、名もなき人、知られざる人が、地上でもっとも強いチェスプレイヤーを、公開の試合で負かしたのだ！

興奮のあまり、我々は気づかないうちに一人また一人と立ち上がっていた。B博士が我々の嬉しい驚きを解放するために、何か言うなりするなりしてくれるはずだと、我々の誰もが感じていた。ただ一人、じっと静かに待ち続けていたのは、チェントヴィッチだった。かなり間があってからようやく彼は頭を上げ、我らの友人に石のように硬い視線を向けた。

「もう一番やりますか」と彼は尋ねた。

「もちろんです」とB博士は興奮した調子で答えたが、それは私の耳には不愉快に響いた。私が一試合でやめておくはずだったと注意を促す間もなく、彼はすぐにまた腰を下ろし、熱に浮かされたような性急さで駒を並べ直し始めた。駒を動かす彼はひどく高ぶっていたので、震える指からポーンが二度も床に滑り落ちた。先刻から彼の不自然な興奮ぶりに私が感じていた不快な居心地の悪さは、一種の不安へと高まってきた。試合の前にはあれほど静かで落ち着いていた人が、見るからに常軌を逸した様子になっているのだ。彼の口にはますます頻繁にぴくりという動きが走り、身体は急な高熱で震えているかのようにわなないていた。

「だめです！」と私は小声で彼にささやいた。「今はだめです！　今日はこれでおやめになってください！あなたにはきつすぎますよ」

「きつすぎると！　はっ！」と彼は大声で意地悪く笑った。「これだけの時間があれば、こんなふうにちんたらしている代わりに十七番はやれましたよ。きついのは、こんなにのろのろした中で眠り込まずにいることだけですね！――さあ、もう始めてください」

この最後の言葉を彼は激しく、ほとんど野蛮と言っていいような調子でチェントヴィッチに向かって言った。チェントヴィッチは相手を静かに落ち着いて見やったが、その石のように硬い眼差しには、何か固められた拳のようなものがあった。突如として二人のプレイヤーの間に新しいものが、危険な緊張、熱情的な憎悪が生じていた。もはや互いの能力を戯れに試し合おうとするパートナーではなく、互いに相手を亡き者にすることを誓った二人の敵同士であった。チェントヴィッチは最初の一手を指すのに長くためらっていた、私は彼が意図的に長く時間をかけたのだとはっきり感じた。この老獪《ろうかい》な戦術家はすでに、自分が遅く指すことによってこそ敵を疲れさせ、いらだたせることができると気づいていたのだろう。こうして彼は、あらゆる初手の中でもっとも当たり前で単純な、ポーンをごく普通に二マス進める手を指すのに、たっぷり四分もかけた。即座に我らが友は自分のポーンでそれに対抗したが、チェントヴィッチはまたしても長々とした、耐え難いほどの時間を取った。それはまるで、鋭い稲妻が落ちてきた後、胸を高鳴らせながら雷鳴を待っているのだが、いつまでたっても雷鳴がやってこないというときのようだった。チェントヴィッチは動じなかった。彼は熟考した、静かに、ゆっくりと、それも私はますます確信をもって感じたのだが、悪意を持ってゆっくりと。それによってしかし彼は私に、B博士を観察する時間を十分に与えてくれたのだった。B博士は三杯目のグラスを空けたところだった。ふと私は彼が、独房での熱に浮かされた渇きについて話してくれたことを思い出した。異様な興奮を示すあらゆる徴候がはっきりと浮かび上がっていた。彼の額は汗に濡れ、手の傷痕が先刻よりも赤く鮮やかになるのが見えた。しかしまだ彼は自分を抑えていた。四手目になってついに、チェントヴィッチがまたしても長々と考えていたところで、彼は自制を失い、だしぬけにチェントヴィッチに怒鳴りつけた。

「もういい加減に指してくださいよ！」

チェントヴィッチは冷ややかに目を上げた。「私の知るところでは、一手の時間は十分という約束だったはずです。私はそれより短い時間ではプレイしない主義です」

B博士は唇を噛んだ。テーブルの下で彼の足が落ち着かなげに、ますます不穏に床に向かって揺さぶられているのに気づき、何かとんでもないことが彼の中に兆しているという胸の詰まるような予感に、私自身もとどめようもなくいらだちを強めつつあった。事実、八手目の際に次の事件があった。B博士は待っているときの抑制をどんどん失っており、もはや緊張をこらえることができなくなっていた。彼は前へ後ろへ小刻みに動き、無意識的に指でテーブルをこつこつと叩き始めた。再びチェントヴィッチは無骨な重い頭を持ち上げた。

「叩くのをやめていただけませんかね。邪魔になりますから。それではプレイできません」

「はっ!」とB博士は短く笑った。「そうでしょうな」

チェントヴィッチの額が赤くなった。「何をおっしゃりたいのですか」と彼は鋭く、悪意を込めて尋ねた。

B博士は再び短く、意地悪く笑った。「なんでもありませんよ。ただあなたはどうも大変気が立っておられるようだというだけです」

チェントヴィッチは何も言わずに頭を垂れた。七分後に彼はようやく次の手を指し、この死にそうなテンポでのろのろと試合は進んでいった。チェントヴィッチはますます石化していくようだった。しまいに彼は毎回一つの手を決断するまでに、約束された考慮時間の最大限を使うようになり、このインターバルからインターバルのうちに、我らが友の振舞いはますます奇妙になっていった。あたかも試合にもはやまるで関心を持っておらず、何かまったく別のことに心を奪われているかのようだった。彼は激しく行ったり来たりするのをやめ、自分の席に身動きもせず座っていた。無表情な、ほとんど狂人のような眼差しでじっと虚空を見つめながら、何かよくわからない言葉を絶え間なく呟いているのだった。終わりのない先読みに没入していたのか、あるいは——私が心の奥で疑っていたように——まったく別の試合に入り込んでしまっていたのか。というのもチェントヴィッチがようやく指し終えるたびに、心ここにあらずの状態から戻るよう彼を促さなければならなかったのだ。その後も彼が現在の状況を再び摑むのに、いつも数分は要するのだった。彼は実のところチェントヴィッチのことも我々全員のことも、この冷たい狂気の内にあってとうに忘れ去っており、この狂気が突然何らかの激烈な形で爆発しかねないのではないかという疑いが、ぐんぐんと私の中に忍び入りつつあった。そしてその通り、十九手目で破局が訪れた。チェントヴィッチが駒を動かすや否や、B博士はだしぬけに、まともに盤を見ることさえせずに自分のビショップを三マス進め、我々全員が縮み上がるほどの大声で叫んだ。

「王手！　キングに王手！」

　何か特別な一手であるのを期待して、我々は即座に盤に目をやった。ところが一分の後、誰も予期しなかったことが起こった。チェントヴィッチが非常に、きわめてゆっくりと頭を上げて——今まで彼が決してしなかったことである――我々一同に一人また一人と視線を向けた。何かを限りなく楽しんでいるかのように見えた、というのも次第に彼の唇には満足の、そして明らかに嘲弄するような微笑が浮かび始めたからだ。我々がまだ理解していない勝利をこうして底の底まで味わった後にようやく、チェントヴィッチは偽善的な礼儀正しさで我々一同に向き直った。

「遺憾ですが――私には王手は見えません。皆さまのどなたか、私のキングに対する王手をご覧になれる方はいらっしゃいますか」

我々は盤に目をやり、それから不安になってB博士の方へ視線を向けた。たしかに、チェントヴィッチのキングの周りは――子供の目にも明らかだった――ポーンでビショップに対して塞がれており、このキングに対する王手は不可能だった。我々は動揺した。我らの友人は興奮のあまり駒を一つ動かし間違えでもしたのだろうか、一マス行き過ぎたとか足りなかったとか？ 我々の沈黙に注意をひかれて、B博士も盤を見つめ、どもりながら激しく言葉を発した。

「しかしキングはｆ７にあるはずなのに……間違ったところにある、まったく間違っている……あんたは間違って指したんですよ！ この盤は何もかも間違ったところにある……ポーンはｇ４でなくｇ５にあるはずなのに……これは全然別の試合じゃないか……これは……」

博士は突然黙り込んだ。私が彼の腕を強くとらえた、というよりも彼の腕をきつくつまんだので、熱に浮かされた混乱の中にあっても私の手を感じられたに違いない。彼は振り返り、夢遊病者のように私をじっと見つめた。

「何……なんですか？」

私はただ「思い出して！《リメンバー》」とだけ言い、同時に博士の手の傷痕を指でなぞった。彼は思わず私の動きに従い、その目はガラスのようにうつろに赤い傷跡を見つめた。そして不意に震え出し、戦慄がその全身を走った。

「何ということだ」と彼は青ざめた唇でささやいた。「私は何かおかしなことを言うか、するかしたのでしょうか……ついにまた私は……？」

「いいえ」と私は小声でささやいた。「しかしすぐに試合をおやめにならなければいけません、もう頃合いです。お医者様に言われたことを思い出してください！」

B博士はすっと立ち上がった。「愚かな間違いをどうかお許しください」と彼は以前のような礼儀正しい声で言い、チェントヴィッチに頭を下げた。「私が申し上げたのは、もちろんまったくばかげたことでした。いうまでもなくこの試合はあなたのものです」それから彼は我々の方を向いた。「皆様にもお許しを願わなければなりません。しかし先だって、私に多くを期待されないようにと申し上げておいた通りです。この醜態をどうかお許しください。これを最後に、私はもう二度とチェスに手を出すことはありません」

彼はお辞儀をすると、初めて現れた時と同じように控え目で謎めいた仕方で去っていった。この人がなぜ二度とチェス盤に触れることがないのかを知っているのは私だけで、他の人たちは少々混乱したまま、何か不愉快で危険なことを危うく逃れたというような漠然とした気持ちと共に残されたのだった。「いまいましい《ダムド・》馬鹿《フール》が」とマッコナー氏はがっかりした様子でぶつぶつ言った。最後にチェントヴィッチが椅子から立ち上がり、途中まで終わった盤面にもう一度視線を投げた。

「残念ですね」と彼は鷹揚に言った。「攻撃の手はずは決して悪くなかった。ディレッタントとしては、あの方は実際並外れた才能をお持ちですよ」

註

過去への旅

001―原文は「初めて会ったのは九年以上前のこと」となっているが、文脈やその後の経緯から誤りと判断し、本文のように訳した。もっとも読み進めばわかるように、九年ぶりに彼らが再会したのは厳密にはこの前日である。

002―このG…家は、若き日の詩人フリードリヒ・ヘルダーリン（一七七〇－一八四三）が家庭教師として住み込んでいたゴンタルト家が念頭に置かれている。同家の夫人ズゼッテはヘルダーリンと恋愛関係になり、彼の後の小説『ヒュペーリオン』におけるディオティーマのモデルとなった。ツヴァイクは一九二〇年代にヘルダーリン伝を執筆しており（『デーモンとの闘争 *Der Kampf mit dem Dämon*』、一九二五年）、全集の編者ベックも指摘しているように、本作前半における主人公らの関係はヘルダーリンとズゼッテのそれに重ねられているとみられる。

003―フランクフルトにある通り。上述のゴンタルト家があった。

004―レンブラント・ファン・レイン（一六〇六－六九）のエッチング《書斎の学者（ファウスト）》（一六五二）。

005―白人と先住民インディオの混血。ここでは先住民とほぼ同義で用いられているとみられる。

006―アメリカの軍艦で客船ではない。一九一四年のメキシコとアメリカの衝突時にはアメリカ人保護に動いた。

007―ギリシア神話の英雄。トロイア戦争を経て二十年ぶりに帰宅した際には乞食に扮していたが、愛犬アルゴスは瀕死の身ながら主人を見破り、尾を振って耳を垂れるとそのまま息を引き取ったとされる。

008―この表現はナチスのスローガンである「一つの民族、一つの帝国、一人の総統」を想起させる。ただしこの箇所の執筆がナチス政権成立の前であるか後であるかは不明。

009―自由であるはずの個人に求められる役所の手続きの煩雑さや「非人間性」を、第一次世界大戦後、とりわけ亡命後のツヴァイクはしばしば嘆いていた。

010―ハイデルベルク城。かつてのプファルツ選帝侯の居城で、旧市街の丘の上にあり、十七世紀にルイ十四世によって破壊された。修復された一部を除き現在も廃墟として残されている。

011——ポール・ヴェルレーヌ(一八四四-九六)の詩「センチメンタルな対話 *Colloque sentimental*」の第三連による。ただし二行目はツヴァイクがDeux spectres cherchent le passé.(二つの亡霊が過去を探している)としているところ、原詩ではDeux spectres ont évoqué le passé.(二つの亡霊が過去を思い出した)である。

012——以下ツヴァイクによるヴェルレーヌの訳とみられるが、やや原詩からは逸脱している。「解説」も参照。

チェス奇譚

001——いずれも実在のチェス名人。アレクサンドル・アレヒン(一八九二-一九四六)、ホセ・ラウル・カパブランカ(一八八八-一九四二)、サヴィエリ・タルタコワ(一八八七-一九五六)、エマヌエル・ラスカー(一八六八-一九四一)、エフィム・ボゴリュゴフ(一八八九-一九五二)。

002——サミュエル・レシェフスキ(一九一一-九二)。アメリカ出身のチェスの神童として名を馳せた。一九二二年の大会時には十一歳で、七歳というのはツヴァイクの勘違いと思われる。

003——旧約聖書「民数記」二十二章。バラムを乗せたロバは、天使が道に立ちふさがるのを見て立ち止まったが、バラムには天使が見えずロバを打ったので、ロバが抗議の言葉を発した。

004——シシリアン・ディフェンス、チェスの定跡の名称。第一手目で白e2-e4、黒c7-c5。

005——原文は「blind(盲目で)」。いずれもチェス用語で、実際の駒と盤を使わずに記譜法のみによってプレイすること。

006——ミハイル・クトゥーゾフ(一七四五-一八一三)、ロシアの軍人。ナポレオン率いるフランス軍のロシア侵攻に際し、モスクワを廃墟としたうえで明け渡すことにより敵を疲弊させ、極寒も味方につけて撃退することに成功した。

007——クウィントゥス・ファビウス・マキシムス(前二七五-前二〇三)。古代ローマの将軍、独裁官。第二次ポエニ戦争でハンニバル率いるカルタゴ軍を迎え撃つにあたり、戦力で大幅に上回る敵軍の進路を焦土化して消耗戦を挑み、撤退に追いやった。クンクタトール(のろま、うすのろ)というあだ名は持久戦を好んだことから付けられた。

008——ティトゥス・リウィウス(前五九-一七)。古代ローマの歴史家。『ローマ建国以来の歴史』で対ハンニバル戦争についても記述している。

009——旧ハプスブルク帝国(ハンガリー王国)領の地域で、現在のルーマニア、セルビア、ハンガリーにあたる。

010——小説の設定ではこの船の行き先はリオ・デ・ジャネイロでは

なく、ブエノス・アイレスである。ツヴァイクは執筆時にリオ近郊のペトロポリスにいたので、混同があったのかもしれない。

011――上ではチェントヴィッチがナポレオンを敗退させるクトゥーゾフに喩えられているが、ここではナポレオンの方に喩えられている。

012――ペリパトス派（逍遥主義）はアリストテレスが創始した哲学派で、逍遥しながら思索を行なったことで知られる。

013――キリスト教圏には「メディナにあるムハンマドの棺は磁力によって宙に浮かんでいる」という伝説があった。

014――フランツ・ヨーゼフ・ガル（一七五八－一八二八）は後に骨相学と呼ばれる、人間の気質や才能を頭蓋骨の形状で判断できるとする説を提唱した人物。観相学はラヴァーター（一七四一－一八〇一）が創始した、顔立ちや体型から性格を知ることができるとする説であるが、ツヴァイクはここで骨相学と区別せずに用いている。

015――重さの単位。通常は一〇〇キログラム（ドイツでは五〇キログラム）を意味する。

016――この箇所で単に「ドイツ語」となっている部分は、ツヴァイクの初稿では「私にはヒトラーによって禁じられているドイツ語」となっている。

017――ドイツ語でernsten。ernst（まじめな、真剣な）という形容詞を動詞化した造語。

018――旧約聖書「ダニエル書」第五章で、バビロニアのベルシャザル王の壁に書かれた言葉「メネ・メネ・テケル・ウパルシン」をほのめかしている。この言葉は王の治世の終わりを告げるもので、「テケル」の部分が「(神が王を）量り、重さが十分でなかった」という意味にあたる。

019――スロヴァキア西部の保養地。ツヴァイクは一九二二年にここで開催された大会の実際の記録を参照している。

020――原文では「中国語」。ドイツ語で「ちんぷんかんぷん」を意味する言い回し。

021――オーストリア＝ハンガリー帝国の皇帝フランツ＝ヨーゼフ一世（一八三〇－一九一六）。

022――当初の取り決めでは一試合の対価が二百五十ドルということで、勝敗に金銭が賭けられているわけではなかったので、この箇所はそれとは矛盾している。

023――オーストリア・ニーダーエスターライヒ州にあるベネディクト派の修道院。

024――エンゲルベルト・ドルフース（一八九二－一九三四）。オーストリア・キリスト教社会党の政治家で、一九三二年にオーストリア首相に就任。アウストロ・ファシズムの独裁的指導者としてナチス・ドイツに対する対決姿勢を強め、ナチス党員らによって暗殺された。

025――クルト・シュシュニック（一八九七－一九七七）。ドルフースの暗殺後首相の地位につき、ナチス・ドイツの侵略に抵抗したが、一九三八年三月十一日に辞任を余儀なくされ、十三日にオーストリア併合が正式決定した後、拘束されホテル・メトロポール、次いで強制収容所へ送られた。

026――一九三八年三月十一日、シュシュニックはドイツの圧力に屈してラジオで退任を表明した。翌三月十二日からドイツ軍はウィーンを含むオーストリア各地へ侵攻し、十三日にオーストリアのドイツへの併合が宣言された。

027――シュシュニック。ただし註025に述べた通り、彼は後に収容所へ送られている。

028――ルイス・ナタニエル・フォン・ロートシルト（一八八二－一九五五）。ユダヤ人銀行家ロートシルト（ロスチャイルド）家の一員で、オーストリア併合の直後に逮捕され、ホテル・メトロポールで十四か月間囚人となっていた。ツヴァイクはこの人物の運命をB博士のモデルにしたという説もある。

029――一八七三年にウィーンに建てられた高級ホテル。所有者がユダヤ人であったため一九三八年にナチスによって接収され、ゲシュタポの本部が置かれた。

030――ハプスブルク帝国最後の皇帝カール一世が第一次世界大戦後、家族と共に亡命した。

031――ベルギー・ブリュッセル近郊の小都市。カール一世の妻ツィータと長男オットーらがここに居住していた。

032――註026の箇所によればB博士の逮捕は三月十一日。

033――一九三九年三月にドイツ軍はチェコスロヴァキアを解体、ドイツの保護領とした。

034――B博士が世界市民であったという記述は小説中にはない。しかしツヴァイク自身は世界市民を自認しており、遺作となった自伝『昨日の世界』の中で、かつてはパスポートすら持たずに各国へ行けたのに、現在ではありとあらゆる書類を書かされ束縛されるという現状を嘆いている。「解説」も参照。

035――駒が象牙と言われているのはこの一箇所だけで、数行後を含め他ではすべて木製の駒とされている。

036――ラテン語で「曖昧な、素性の知られていない人」の意。

シュテファン・ツヴァイク［1881–1942］年譜

▼——世界史の事項　●——文化史・文学史を中心とする事項　**太字ゴチの作家『タイトル』**——〈ルリユール叢書〉の既刊・続刊予定の書籍です

一八八一年

十一月二十八日、ハプスブルク帝国（オーストリア＝ハンガリー二重帝国）領のウィーンにて、裕福なツヴァイク家の次男として生まれる。父はメーレン（モラヴィア）出身のユダヤ人大企業家、母はイタリアのオーストリア系ユダヤ人銀行家の娘。

（ギムナジウムに通う頃から創作活動を行い、雑誌に投稿していた）

▼ナロードニキ、アレクサンドル二世を暗殺。アレクサンドル三世即位［露］●H・ジェイムズ『ある婦人の肖像』［米］●D・G・ロセッティ『物語詩とソネット集』［英］●シュピッテラー『プロメートイスとエピメートイス』［スイス］●ヴァレス『学士さま』［仏］●フランス『シルヴェストル・ボナールの罪』［仏］●フロベール『ブヴァールとペキュシェ』［仏］●ゾラ『自然主義作家論』［仏］●ルモニエ『ある男』［白］●ヴェルガ『マラヴァリア家の人びと』［伊］●エチェガライ『恐ろしき媒』［西］●マシャード・デ・アシス『ブラス・クーバスの死後の回想』［ブラジル］

一九〇〇年［十九歳］

ウィーン大学に入学（哲学・文学専攻）。

▼労働代表委員会結成［英］▼義和団事件［中］●フロイト『夢判断』［墺］●シュニッツラー『輪舞』、『グストル少尉』［墺］●ドライサー『シスター・キャリー』［米］●ノリス『男の女』［米］●L・ボーム『オズの魔法使い』［米］●L・ハーン『影』［英］●シュピッテラー『オリュンポスの春』（〜〇五）［スイス］●ベルクソン『笑い』［仏］●ジャリ『鎖につながれたユビュ』［仏］●コレット『学校へ行くクローディーヌ』［仏］●フォガッツァーロ『現代の小さな世界』［伊］●ダヌンツィオ『炎』［伊］●プランク、「プランクの放射公式」を提出［独］●ツェッペリン、飛行船ツェッペリン号建造［独］●ジンメル『貨幣の哲学』［独］●S・ゲオルゲ『生の絨毯』［独］●シェンキェーヴィチ『十字軍の騎士たち』［ポーランド］●ヌーシッチ『血の貢ぎ物』［セルビア］●イェンセン『王の没落』（〜〇一）［デンマーク］●ベールイ『交響楽（第一・英雄的）』［露］●バーリモント『燃える建物』［露］●チェーホフ『谷間』［露］●マシャード・デ・アシス『むっつり屋』［ブラジル］

一九〇一年［二十歳］

最初の詩集『銀の弦 *Silberne Saiten*』が出版される。

▼マッキンリー暗殺、セオドア・ローズベルトが大統領に［米］▼ヴィクトリア女王歿、エドワード七世即位［英］▼革命的ナロードニキの代表によってSR結成［露］▼オーストラリア連邦成立［豪］●ノリス『オクトパス』［米］●キップリング『キム』

〔英〕●ウェルズ『予想』〔英〕●L・ハーン『日本雑録』〔英〕●シュリ・プリュドム、ノーベル文学賞受賞〔仏〕●ジャリ『メッサリーナ』〔仏〕●フィリップ『ビュビュ・ド・モンパルナス』〔仏〕●マルコーニ、大西洋横断無線電信に成功〔伊〕●ダヌンツィオ『フランチェスカ・ダ・リーミニ』上演〔伊〕●バローハ『シルベストレ・パラドックスの冒険、でっちあげ、欺瞞』〔西〕●T・マン『ブデンブローク家の人々』〔独〕●H・バング『灰色の家』〔デンマーク〕●ストリンドベリ『夢の劇』〔スウェーデン〕●ヘイデンスタム『聖女ビルギッタの巡礼』〔スウェーデン〕●チェーホフ《三人姉妹》初演〔露〕

一九〇二年〔二十一歳〕

ボードレールの詩集を翻訳し出版。ベルリンに滞在。ベルギーに旅行し、エミール・ヴェルハーレンとの交遊が始まる。

▼日英同盟締結〔英・日〕▼コンゴ分割〔仏〕▼アルフォンソ十三世親政開始〔西〕●リルケ『形象詩集』〔墺〕●シュニッツラー『ギリシアの踊り子』〔墺〕●ホフマンスタール『チャンドス卿の手紙』〔墺〕●スティーグリッツ、〈フォト・セセッション〉を結成〔米〕●W・ジェイムズ『宗教的経験の諸相』〔米〕●H・ジェイムズ『鳩の翼』〔米〕●ドイル『バスカヴィル家の犬』〔英〕●L・ハーン『骨董』〔英〕●ジャリ『超男性』〔仏〕●ジッド『背徳者』〔仏〕●ロラント・ホルスト＝ファン・デル・スハルク『新生』〔蘭〕●クローチェ『表現の科学および一般言語学としての美学』〔伊〕●ウナムーノ『愛と教育』〔西〕●バローハ『完成の道』〔西〕●バリェ＝インクラン『四季のソナタ』（〜〇五）〔西〕●アソリン『意志』〔西〕●ブラスコ＝イバニェス『葦と泥』〔西〕●レアル・マドリードCF創設〔西〕●モムゼン、ノーベル文学賞受賞〔独〕●インゼル書店創業〔独〕●ツァンカル『断崖にて』〔スロヴェニア〕●ゴーリキー『小市民』、《どん底》初演〔露〕●アンドレーエフ『深淵』〔露〕●クーニャ『奥地の反乱』〔ブラジル〕

●アポストル『わが民族』〔フィリピン〕

一九〇四年〔三十三歳〕

ウィーン大学で博士号取得。最初の短編集『エーリカ・エーヴァルトの恋 *Die Liebe der Erika Ewald*』出版。ヴェルハーレンの詩集を翻訳して出版。

フランス、イギリス、イタリア、オランダなど各地を旅行し、著名人と知己を得る。

▼日露戦争（〜〇五）〔露・日〕●リルケ『神さまの話』〔墺〕●ロンドン『海の狼』〔米〕●コンラッド『ノストローモ』〔英〕●L・ハーン『怪談』〔英〕●ミストラル、ノーベル文学賞受賞〔仏〕●J＝A・ノー『青い昨日』〔仏〕●ロマン・ロラン『ジャン＝クリストフ』（〜一二）〔仏〕●コレット『動物の七つの対話』〔仏〕●ダヌンツィオ『エレットラ』、『アルチヨーネ』、『ヨーリオの娘』〔伊〕●エチェガライ、ノーベル文学賞受賞〔西〕●バローハ『探索』、『雑草』、『赤い曙光』〔西〕●ヒメネス『遠い庭』〔西〕●M・ヴェーバー『プロテスタンティズムの倫理と資本主義の精神』（〜〇五）〔独〕●フォスラー『言語学における実証主義と観念主義』〔独〕●ヘッセ『ペーター・カーメンツィント』〔独〕●H・バング『ミケール』〔デンマーク〕

一九〇八年〔三十七歳〕

十二月から、インド、スリランカ、ミャンマーへ旅行。多数の旅行記を残す。

▼ブルガリア独立宣言〔ブルガリア〕●K・クラウス『モラルと犯罪』〔墺〕●シュニッツラー『自由への途』〔墺〕●フォード車

T型車登場〔米〕●ロンドン『鉄の踵』〔米〕●モンゴメリー『赤毛のアン』〔カナダ〕●A・ベネット『老妻物語』〔英〕●チェスタトン『正統とは何か』、『木曜日の男』〔英〕●ガストン・ガリマール、ジッドと文学雑誌「NRF」（新フランス評論）を創刊（翌年、再出発）〔仏〕●J・ロマン『一体生活』〔仏〕●ラルボー『富裕な好事家の詩』〔仏〕●プレッツォリーニ、文化・思想誌「ヴォーチェ」を創刊（～一六）〔伊〕●クローチェ『実践の哲学――経済学と倫理学』〔伊〕●バリェ＝インクラン『狼の歌』〔西〕●ヒメネス『孤独の響き』〔西〕●G・ミロー『流浪の民』〔西〕●オイケン、ノーベル文学賞受賞〔独〕●ヘイデンスタム『スウェーデン人とその指導者たち』（～一〇）〔スウェーデン〕

一九一一年〔三十歳〕

子どもを主人公にした短編集『最初の体験 *Erstes Erlebnis*』を出版し、エレン・ケイに献呈する。アメリカ、カナダ、キューバ、プエルトリコなど訪れる。ヴェルハーレン作品集及び評伝出版。

▼イタリア・トルコ戦争〔伊・土〕●ホフマンスタール『イェーダーマン』、『ばらの騎士』〔墺〕●ロンドン『スナーク号航海記』〔米〕●ドライサー『ジェニー・ゲアハート』〔米〕●ウェルズ『新マキアベリ』〔英〕●A・ベネット『ヒルダ・レスウェイズ』〔英〕●コンラッド『西欧の目の下に』〔英〕●チェスタトン『ブラウン神父物語』（～三五）〔英〕●ビアボーム『ズーレイカ・ドブスン』〔英〕●ロマン・ロラン『トルストイ』〔仏〕●J・ロマン『ある男の死』〔仏〕●ジャリ『フォーストロール博士の言行録』〔仏〕●ラルボー『フェルミナ・マルケス』〔仏〕●メーテルランク、ノーベル文学賞受賞〔白〕●プラテッラ『音楽宣言』〔伊〕●ダヌンツィオ『聖セバスティアンの殉教』〔伊〕●バッケッリ『ルドヴィーコ・クローの不思議の糸』〔伊〕●バローハ『知恵の木』

〔西〕●**M・ブロート『ユダヤの女たち――ある長編小説』**〔独〕●フッサール『厳密な学としての哲学』〔独〕●セヴェリャーニンら〈自我未来派〉結成〔露〕●アレクセイ・N・トルストイ『変わり者たち』〔露〕●A・レイエス『美学的諸問題』〔メキシコ〕●M・アスエラ『マデーロ派、アンドレス・ペレス』〔メキシコ〕●島村抱月訳イプセン『人形の家』〔日〕

一九一三年〔三十二歳〕

相変わらずヨーロッパ各地を訪問。小説『不安 *Angst*』出版。

▼マデーロ大統領、暗殺される〔メキシコ〕●シュニッツラー『ベアーテ夫人とその息子』〔墺〕●ニューヨーク、グランドセントラル駅竣工〔米〕●ロンドン『ジョン・バーリコーン』〔米〕●キャザー『おゝ開拓者よ！』〔米〕●ウォートン『国の慣習』〔米〕●フロスト『第一詩集』〔米〕●ロレンス『息子と恋人』〔英〕●サンドラール「シベリア鉄道とフランス少女ジャンヌの散文」(『全世界より』)〔スイス〕●ラミュ『サミュエル・ブレの生涯』〔スイス〕●リヴィエール『冒険小説論』〔仏〕●J・ロマン『仲間』〔仏〕●マルタン・デュ・ガール『ジャン・バロワ』〔仏〕●アラン＝フルニエ『モーヌの大将』〔仏〕●プルースト『失われた時を求めて』(〜二七)〔仏〕●コクトー『ポトマック』(〜一九)〔仏〕●アポリネール『アルコール』、『立体派の画家たち』〔仏〕●ラルボー『A・O・バルナブース全集』〔仏〕●ルッソロ『騒音芸術』〔伊〕●パピーニ、ソッフィチと「ラチェルバ」を創刊(〜一五)〔伊〕●アソリン『古典作家と現代作家』〔西〕●バローハ『ある活動家の回想記』(〜三五)〔西〕●バリェ＝インクラン『侯爵夫人ロサリンダ』〔西〕●クラーゲス『表現運動と造形力』、『人間と大地』〔独〕●ヤスパース『精神病理学総論』〔独〕●フッサール『イデーン』(第一巻)〔独〕●フォスラー『言語発展に反映したフランス文化』〔独〕●カフカ『観察』、『火夫』、『判決』〔独〕●デーブリーン『タンポポ殺し』〔独〕●ト

ラークル『詩集』〔独〕●シェーアバルト『小惑星物語』〔独〕●ルカーチ・ジェルジ『美的文化』〔ハンガリー〕●シェルシェネーヴィチ、未来派グループ〈詩の中二階〉を創始〔露〕●マンデリシターム『石』〔露〕●マヤコフスキー『ウラジーミル・マヤコフスキー』〔露〕●**ベールイ『ペテルブルグ』**（〜一四）〔露〕●ウイドブロ『夜の歌』『沈黙の洞窟』〔チリ〕●タゴール、ノーベル文学賞受賞〔印〕

一九一四年［三十三歳］

ベルギーにヴェルハーレンを訪ねる。第一次世界大戦開戦を受けて帰国。志願して従軍し、戦時文書課に徴用される。ロマン・ロランとの文通。

▼サライェヴォ事件、第一次世界大戦勃発（〜一八）〔欧〕▼大戦への不参加表明〔西〕●スタイン『やさしいボタン』〔米〕●ノリス『ヴァンドーヴァーと野獣』〔米〕●ウェルズ『解放された世界』〔英〕●J＝A・ノー『かもめを追って』〔仏〕●ジッド『法王庁の抜穴』〔仏〕●ルーセル『ロクス・ソルス』〔仏〕●**ラミュ『詩人の訪れ』**、**『存在理由』**〔スイス〕●サンテリーア『建築宣言』〔伊〕●オルテガ・イ・ガセー『ドン・キホーテをめぐる省察』〔西〕●ヒメネス『プラテロとわたし』〔西〕●ゴメス・デ・ラ・セルナ『グレゲリーアス』、『ありえない博士』〔西〕●ベッヒャー『滅亡と勝利』〔独〕●ジョイス『ダブリンの市民』〔愛〕●ウイドブロ『秘密の仏塔』〔チリ〕●ガルベス『模範的な女教師』〔アルゼンチン〕●夏目漱石『こころ』〔日〕

一九一五年［三十四歳］

報道の任務でガリツィアに派遣され、戦地の実態を目の当たりにする。

▼ルシタニア号事件〔欧〕●キャザー『ヒバリのうた』〔米〕●D・H・ローレンス『虹』、ただちに発禁処分に〔英〕●コンラッド『勝利』〔英〕●V・ウルフ『船出』〔英〕●F・フォード『善良な兵士』〔英〕●ロマン・ロラン、ノーベル文学賞受賞〔仏〕●ルヴェルディ『散文詩集』〔仏〕●ヴェルフリン『美術史の基礎概念』〔スイス〕●アソリン『古典の周辺』〔西〕●カフカ『変身』〔独〕●デーブリーン『ヴァン・ルンの三つの跳躍』〔クライスト賞、フォンターネ賞受賞〕〔独〕●T・マン『フリードリヒと大同盟』〔独〕●クラーゲス『精神と生命』〔独〕●ヤコブソン、ボガトゥイリョーフら〈モスクワ言語学サークル〉を結成(〜二四)〔露〕●グイラルデス『死と血の物語』、『水晶の鈴』〔アルゼンチン〕●芥川龍之介『羅生門』〔日〕

一九一六年〔三十五歳〕

聖伝のひとつ『第三の鳩の伝説 *Die Legende der dritten Taube*』出版。

▼スパルタクス団結成〔独〕●S・アンダーソン『ウィンディ・マクファーソンの息子』〔米〕●O・ハックスリー『燃える車』〔英〕●A・ベネット『この二人』〔英〕●文芸誌「シック」創刊(〜一九)〔仏〕●サンドラール『ルクセンブルクでの戦争』〔スイス〕●ダヌンツィオ『夜想譜』〔伊〕●ウンガレッティ『埋もれた港』〔伊〕●パルド＝バサン、マドリード中央大学教授に就任〔西〕●文芸誌「セルバンテス」創刊(〜二〇)〔西〕●バリェ＝インクラン『不思議なランプ』〔西〕●G・ミロー『キリスト受難模様』〔西〕●クラーゲス『筆跡と性格』、『人格の概念』〔独〕●カフカ『判決』〔独〕●ルカーチ・ジェルジ『小説の理論』〔ハンガリー〕●ヘイデンスタム、ノーベル文学賞受賞〔スウェーデン〕●ジョイス『若い芸術家の肖像』〔愛〕●ペテルブルクで〈オポヤーズ〉(詩的言語研究会)設立〔露〕●M・アスエラ『虐げられし人々』〔メキシコ〕●ウイドブロ、ブエノスアイレスで創造主義宣言〔チリ〕●ガルベス『形而上的悪』〔アルゼンチン〕

一九一七年〔三十六歳〕

戯曲『エレミヤ *Jeremias*』出版。戦時文書課から休暇をとり、チューリヒにて公演準備を行う。ロマン・ロランと再会。

▼ドイツに宣戦布告、第一次世界大戦に参戦〔米〕▼労働争議の激化に対し非常事態宣言。全国でゼネストが頻発するが、軍が弾圧〔西〕▼十月革命〔露〕●フロイト『精神分析入門』〔墺〕●ピュリッツァー賞創設〔米〕●V・ウルフ『二つの短編小説』〔英〕●T・S・エリオット『二つの短編小説』〔英〕●サンドラール『奥深い今日』〔スイス〕●ラミュ『大いなる春』〔スイス〕●ピカビア、芸術誌「391」創刊〔仏〕●ルヴェルディ、文芸誌「ノール＝シュド」創刊（〜一九）〔仏〕●ヴァレリー『若きパルク』〔仏〕●**ウナムーノ『アベル・サンチェス』**〔西〕●G・ミロー『シグエンサの書』〔西〕●ヒメネス『新婚詩人の日記』〔西〕●芸術誌「デ・ステイル」創刊（〜二八）〔蘭〕●モーリツ『炬火』〔ハンガリー〕●クルレジャ『牧神パン』、『三つの交響曲』〔クロアチア〕●ゲーラロップ、ポントピダン、ノーベル文学賞受賞〔デンマーク〕●レーニン『国家と革命』〔露〕●A・レイエス『アナウァック幻想』〔メキシコ〕●M・アスエラ『ボスたち』〔メキシコ〕●フリオ・モリーナ・ヌニェス、フアン・アグスティン・アラーヤ編『叙情の密林』〔チリ〕●グイラルデス『ラウチョ』〔アルゼンチン〕●バーラティ『クリシュナの歌』〔印〕

一九一八年〔三十七歳〕

軍務から解かれる。スイスでオーストリア紙「新自由新聞 die Neue Freie Presse」のために働く。フランツ・ヴェルフェル、ジェイムズ・ジョイス、ルネ・シッケレらと会う。「敗北主義への信仰告白 Bekenntnis zum Defaitismus」を機としたアルフレート・フリートら平和運動家との論争。
▼第一次世界大戦休戦▼「セルビア人・クロアチア人・スロヴェニア人」王国の建国宣言〔東欧〕▼スペイン風邪が大流行、カタルーニャとガリシアで地域主義運動激化、アンダルシアで農民運動拡大〔西〕●シュピッツァー『ロマンス語の統辞法と文体論』〔墺〕●K・クラウス『人類最後の日々』（～二二）〔墺〕●シュニッツラー『カサノヴァの帰還』〔墺〕●キャザー『マイ・アントニーア』〔米〕●O・ハックスリー『青春の敗北』〔英〕●E・シットウェル『道化の家』〔英〕●W・ルイス『ター』〔英〕●ストレイチー『著名なヴィクトリア朝人たち』〔英〕●サンドラール『パナマあるいは七人の伯父の冒険』、『殺しの記』〔スイス〕●ラミュ「兵士の物語」（ストラヴィンスキーのオペラ台本）〔スイス〕●ラルボー『幼ごころ』〔仏〕●アポリネール『カリグラム』、『新精神と詩人たち』〔仏〕●**ルヴェルディ『屋根のスレート』**、『**眠れるギター**』〔仏〕●デュアメル『文明』（ゴンクール賞受賞）〔仏〕●文芸誌「グレシア」創刊（～二〇）〔西〕●ヒメネス『永遠』〔西〕●**デーブリーン『ヴァツェクの蒸気タービンとの戦い**』〔独〕●T・マン『非政治的人間の考察』〔独〕●H・マン『臣下』〔独〕●ルカーチ・ジェルジ『バラージュと彼を必要とせぬ人々』〔ハンガリー〕●ジョイス『亡命者たち』〔愛〕●**アンドリッチ**、「南方文芸」誌を創刊（～一九）、『**エクスポント**（**黒海より**）』〔セルビア〕●M・アスエラ『蝿』〔メキシコ〕●魯迅『狂人日記』〔中〕

一九一九年〔三十八歳〕
オーストリアに帰る。ザルツブルクのカプツィーナーベルクに購入していた邸宅に拠点を移す。この邸宅に、世界中から友人が訪ねるようになる。

▼パリ講和会議［欧］▼ハプスブルク家の特権廃止。オーストリア共和国の成立［墺］▼合衆国憲法修正第十八条（禁酒法）制定、憲法修正第十九条（女性参政権）可決［米］▼アメリカ鉄鋼労働者ストライキ［米］▼ストライキが頻発、マドリードでメトロ開通［西］▼ワイマール憲法発布［独］▼第三インターナショナル（コミンテルン）成立［露］▼ギリシア・トルコ戦争［希・土］●ホフマンスタール『影のない女』［墺］●パルプ雑誌「ブラック・マスク」創刊（〜五一）［米］●S・アンダーソン『ワインズバーグ・オハイオ』［米］●**コンラッド『黄金の矢』**［英］●V・ウルフ『夜と昼』、『現代小説論』［英］●モーム『月と六ペンス』［英］●シュピッテラー、ノーベル文学賞受賞［スイス］●サンドラール『弾力のある十九の詩』、『全世界より』、『世界の終わり』［スイス］●ガリマール社設立［仏］●ブルトン、アラゴン、スーポーとダダの機関誌「文学」を創刊［仏］●ベルクソン『精神エネルギー』［仏］●ジッド『田園交響楽』［仏］●コクトー『ポトマック』［仏］●デュアメル『世界の占有』［仏］●ローマにて文芸誌「ロンダ」創刊（〜二三）［伊］●バッケッリ『ハムレット』［伊］●ヒメネス『石と空』［西］●グロピウス、ワイマールにバウハウスを設立（〜三三）［独］●カフカ『流刑地にて』、『田舎医者』［独］●ヘッセ『デーミアン』［独］●クルツィウス『現代フランスの文学開拓者たち』［独］●ツルニャンスキー『イタカの抒情』［セルビア］●シェルシェネーヴィチ、エセーニンらと〈イマジニズム〉を結成（〜二七）［露］●M・アスエラ『上品な一家の苦難』［メキシコ］●有島武郎『或る女』［日］

一九二〇年［三十九歳］

フリーデリケと結婚。講演旅行のためドイツ各地に赴く。エッセイ集『三人の巨匠　バルザック、ディケンズ、ドストエフスキー *Drei Meister. Balzac, Dickens, Dostojewski*』出版。

▼国際連盟発足〔欧〕●ピッツバーグで民営のKDKA局がラジオ放送開始〔米〕●フィッツジェラルド『楽園のこちら側』〔米〕●ウォートン『エイジ・オブ・イノセンス』（ピュリッツァ賞受賞）〔米〕●ドライサー『ヘイ、ラバダブダブ！』〔米〕●ドス・パソス『ある男の入門――一九一七年』〔米〕●D・H・ローレンス『恋する女たち』、『迷える乙女』〔英〕●ウェルズ『世界文化史大系』〔英〕●O・ハックスリー『レダ』、『リンボ』〔英〕●E・シットウェル『木製の天馬』〔英〕●クリスティ『スタイルズ荘の怪事件』〔英〕●クロフツ『樽』〔英〕●ロマン・ロラン『クレランボー』〔仏〕●コレット『シェリ』〔仏〕●デュアメル『サラヴァンの生涯と冒険』（～三二）〔仏〕●チェッキ『金魚』〔伊〕●文芸誌「レフレクトル」創刊〔西〕●バリェ＝インクラン『ボヘミアの光』、『聖き言葉』〔西〕●デーブリーン『ヴァレンシュタイン』〔独〕●**アンドリッチ『アリヤ・ジェルゼレズの旅』、『不安』**〔セルビア〕●ハムスン、ノーベル文学賞受賞〔ノルウェー〕●アレクセイ・N・トルストイ『ニキータの少年時代』（～二二）、『苦悩の中を行く』（～四一）〔露〕

一九二二年〔四十一歳〕

小説集『アモク *Amok*』、聖伝のひとつ『永遠の兄の目 *Die Augen des ewigen Bruders*』出版。各地を講演旅行する。

▼KKK団の再興〔米〕▼ムッソリーニ、ローマ進軍。首相就任〔伊〕▼アイルランド自由国正式に成立〔愛〕▼スターリンが書記長に就任、ソビエト連邦成立〔露〕●スタイン『地理と戯曲』〔米〕●キャザー『同志クロード』（ピューリツァー賞受賞）〔米〕●ドライサー『私自身に関する本』〔米〕●フィッツジェラルド『美しき呪われし者』、『ジャズ・エイジの物語』〔米〕●イギリス放送会社BBC設立〔英〕●D・H・ローレンス『アロンの杖』、『無意識の幻想』〔英〕●E・シットウェル『ファサード』〔英〕●T・

S・エリオット『荒地』〔英〕●マンスフィールド『園遊会、その他』〔英〕●ロマン・ロラン『魅せられた魂』（～三三）〔仏〕●マルタン・デュ・ガール『チボー家の人々』（～四〇）〔仏〕●モラン『夜ひらく』〔仏〕●J・ロマン『リュシエンヌ』〔仏〕●コレット『クローディーヌの家』〔仏〕●アソリン『ドン・ファン』〔西〕●クラーゲス『宇宙創造的エロス』〔独〕●T・マン『ドイツ共和国について』〔独〕●ヘッセ『シッダールタ』〔独〕●カロッサ『幼年時代』〔独〕●コストラーニ『血の詩人』〔ハンガリー〕●ジョイス『ユリシーズ』〔愛〕●アレクセイ・N・トルストイ『アエリータ』（～二三）〔露〕●ボルヘス『ブエノスアイレスの熱狂』〔アルゼンチン〕

一九二五年〔四十四歳〕

エッセイ集『デーモンとの闘争　ヘルダーリン、クライスト、ニーチェ *Der kampf mit dem Dämon. Hölderlin, kleist Nietzsche*』出版。

▼ロカルノ条約調印〔欧〕●チャップリン『黄金狂時代』〔米〕●S・アンダーソン『黒い笑い』〔米〕●キャザー『教授の家』〔米〕●ドライサー『アメリカの悲劇』〔米〕●ドス・パソス『マンハッタン乗換駅』〔米〕●フィッツジェラルド『偉大なギャツビー』〔米〕●ルース『殿方は金髪がお好き』〔米〕●ホワイトヘッド『科学と近代世界』〔英〕●**コンラッド『サスペンス』**〔英〕●V・ウルフ『ダロウェイ夫人』〔英〕●O・ハックスリー『くだらぬ本』〔英〕●クロフツ『フレンチ警部最大の事件』〔英〕●R・ノックス『陸橋殺人事件』〔英〕●H・リード『退却』〔英〕●サンドラール『黄金』〔スイス〕●ラミュ『天の喜び』〔スイス〕●M・モース『贈与論』〔仏〕●ラルボー『罰せられざる悪徳・読書――英語の領域』〔仏〕●F・モーリヤック『愛の砂漠』〔仏〕●モンターレ『烏賊の骨』〔伊〕●ピカソ《三人の踊り子》〔西〕●アソリン『ドニャ・イネス』〔西〕●オルテガ・イ・ガセー『芸術の非人間化』

〔西〕●カフカ『審判』〔独〕●ツックマイアー『楽しきぶどう山』〔独〕●クルツィウス『現代ヨーロッパにおけるフランス精神』〔独〕●フォスラー『言語における精神と文化』〔独〕●フロンスキー『故郷』、『クレムニツァ物語』〔スロヴァキア〕●エイゼンシュテイン『戦艦ポチョムキン』〔露〕●アレクセイ・N・トルストイ『五人同盟』〔露〕●シクロフスキー『散文の理論』〔露〕●M・アスエラ『償い』〔メキシコ〕●ボルヘス『正面の月』〔アルゼンチン〕●梶井基次郎『檸檬』〔日〕

一九二八年〔四十七歳〕

ロシアに旅行し、トルストイ生誕百周年記念会議に出席、マクシム・ゴーリキーと会う。

▼第一次五カ年計画を開始〔露〕▼大統領選に勝ったオブレゴンが暗殺〔メキシコ〕●シュピッツァー『文体研究』〔墺〕●シュニッツラー『テレーゼ』〔墺〕●CIAM（近代建築国際会議）開催（〜五九）〔欧〕●ガーシュイン《パリのアメリカ人》〔米〕●オニール『奇妙な幕間狂言』初演〔米〕●D・H・ローレンス『チャタレイ夫人の恋人』〔英〕●ヴァン・ダイン『探偵小説二十則』、『グリーン家殺人事件』〔米〕●ナボコフ『キング、クィーンそしてジャック』〔米〕●V・ウルフ『オーランドー』〔英〕●O・ハックスリー『対位法』〔英〕●ウォー『大転落』〔英〕●R・ノックス『ノックスの十戒』〔英〕●リース『ポーズ』〔英〕●サンドラール『白人の子供のための黒人のお話』〔スイス〕●ブルトン『ナジャ』、『シュルレアリスムと絵画』〔仏〕●J・ロマン『肉体の神』〔仏〕●マルロー『征服者』〔仏〕●クローデル『繻子の靴』（〜二九）〔仏〕●サン＝テグジュペリ『南方郵便機』〔仏〕●モラン『黒魔術』〔仏〕●バタイユ『眼球譚』〔仏〕●バシュラール『近似的認識に関する詩論』〔仏〕●マンツィーニ『魅せられた時代』〔伊〕●バリェ＝インクラン『御主人、万歳』〔西〕●G・ミロー『歳月と地の隔たり』〔西〕●フッサール『内的時間意識の現象学』〔独〕

●ベンヤミン『ドイツ悲劇の根源』〔独〕●S・ゲオルゲ『新しい国』〔独〕●E・ケストナー『エーミルと探偵団』〔独〕●ブレヒト《三文オペラ》初演〔独〕●ウンセット、ノーベル文学賞受賞〔ノルウェー〕●アレクセイ・N・トルストイ『まむし』〔露〕●ショーロホフ『静かなドン』（～四〇）〔露〕●グスマン『鷲と蛇』〔メキシコ〕●ガルベス『パラグアイ戦争の情景』（～二九）〔アルゼンチン〕

一九二九年〔四十八歳〕

評伝『ジョゼフ・フーシェ　ある政治的人間の肖像 *Joseph Fouché. Bildnis eines politischen Menschen*』出版、小説**『過去への旅** *Die Reise in die Vergangenheit*』執筆（未完）。

▼十月二四日ウォール街株価大暴落、世界大恐慌に●リルケ『若き詩人への手紙』〔墺〕●ニューヨーク近代美術館開館〔米〕●ヘミングウェイ『武器よさらば』〔米〕●フォークナー『響きと怒り』、『サートリス』〔米〕●ヴァン・ダイン『僧正殺人事件』〔米〕●ナボコフ『チョールブの帰還』〔米〕●D・H・ローレンス『死んだ男』〔英〕●E・シットウェル『黄金海岸の習わし』〔英〕●H・グリーン『生きる』〔英〕●ラミュ『葡萄栽培者たちの祭』〔スイス〕●学術誌「ドキュマン」創刊（編集長バタイユ、～三〇）〔仏〕●J・ロマン『船が……』〔仏〕●ジッド『女の学校』（～三六）〔仏〕●コクトー『恐るべき子供たち』〔仏〕●ルヴェルディ『風の泉』、『ガラスの水たまり』〔仏〕●ダビ『北ホテル』〔仏〕●ユルスナール『アレクシあるいは空しい戦いについて』〔仏〕●コレット『第二の女』〔仏〕●モラーヴィア『無関心な人々』〔伊〕●ゴメス・デ・ラ・セルナ『人間もどき』〔西〕●ミース・ファン・デル・ローエ《バルセロナ万国博覧会のドイツ館》〔独〕●デーブリーン『ベルリン・アレクサンダー広場』〔独〕●レマルク『西部戦線異状なし』〔独〕●アウエルバッハ『世俗詩人ダンテ』〔独〕●クラーゲス『心情の敵対者としての精神』（～三三）〔独〕●アンド

リッチ『ゴヤ』［セルビア］●ツルニャンスキー『流浪』（第一巻）［セルビア］●フロンスキー『蜜の心』［スロヴァキア］●アレクセイ・N・トルストイ『ピョートル一世』（〜四五）［露］●ヤシェンスキ『パリを焼く』［露］●**グスマン『ボスの影』**［メキシコ］●ガジェゴス『ドニャ・バルバラ』［ベネズエラ］●ボルヘス『サン・マルティンの手帖』［アルゼンチン］●小林多喜二『蟹工船』［日］

一九三一年　▼アル・カポネ、脱税で収監［米］▼金本位制停止。ウェストミンスター憲章を可決、イギリス連邦成立［英］▼スペイン革命、共和政成立［西］●エンパイアステートビル竣工［米］●キャザー『岩の上の影』［米］●フォークナー『サンクチュアリ』［米］●ドライサー『悲劇のアメリカ』［米］●オニール「喪服の似合うエレクトラ」初演［米］●フィッツジェラルド『バビロン再訪』［米］●ハメット『ガラスの鍵』［米］●E・ウィルソン『アクセルの城』［米］●V・ウルフ『波』［英］●H・リード『芸術の意味』［英］●サンドラール『今日』［スイス］●デュジャルダン『内的独白』［仏］●ニザン『アデン・アラビア』［仏］●ギユー『仲間たち』［仏］●サン＝テグジュペリ『夜間飛行』（フェミナ賞受賞）［仏］●ダビ『プチ・ルイ』［仏］●**ルヴェルディ『白い石』**［仏］●**G・ルブラン『回想』**［仏］●パオロ・ヴィタ＝フィンツィ『偽書撰』［伊］●ケストナー『ファビアン』、『点子ちゃんとアントン』、『五月三十五日』［独］●H・ブロッホ『夢遊の人々』（〜三二）［独］●ツックマイアー『ケーペニックの大尉』［独］●ヌーシッチ『大臣夫人』［セルビア］●**アンドリッチ『短編小説集二』**［セルビア］●フロンスキー『パン』［スロヴァキア］●カールフェルト、ノーベル文学賞受賞［スウェーデン］●ボウエン『友人と親戚』［愛］●バーベリ『オデッサ物語』［露］●アグノン『嫁入り』［イスラエル］●ヘジャーズィー『ズィーバー』［イラン］

一九三二年［五十一歳］

伝記小説『マリー・アントワネット　ある平凡な性格の肖像 *Marie Antoinette. Bildnis eines mittleren Charakters*』を出版。

▼ジュネーブ軍縮会議〔米・英・日〕▼イエズス会に解散命令、離婚法・カタルーニャ自治憲章・農地改革法成立〔西〕▼総選挙でナチス第一党に〔独〕●ホフマンスタール『アンドレアス』〔墺〕●ロート『ラデツキー行進曲』〔墺〕●ヘミングウェイ『午後の死』〔米〕●マクリーシュ『征服者』（ピュリッツァー賞受賞）〔米〕●ドス・パソス『一九一九年』〔米〕●**キャザー『名もなき人びと』**〔米〕●フォークナー『八月の光』〔米〕●コールドウェル『タバコ・ロード』〔米〕●フィッツジェラルド『ワルツは私と』〔米〕●E・S・ガードナー『ビロードの爪』（ペリー・メイスン第一作）〔米〕●O・ハックスリー『すばらしい新世界』〔英〕●H・リード『現代詩の形式』〔英〕●J・ロマン『善意の人びと』（～四七）〔仏〕●F・モーリヤック『蝮のからみあい』〔仏〕●セリーヌ『夜の果てへの旅』〔仏〕●ベルクソン『道徳と宗教の二源泉』〔仏〕●クルツィウス『危機に立つドイツ精神』〔独〕●クルレジャ『フィリップ・ラティノヴィチの帰還』〔クロアチア〕●ドゥチッチ『都市とキマイラ』〔セルビア〕●ボウエン『北方へ』〔愛〕●ヤシェンスキ『人間は皮膚を変える』（～三三）〔露〕●M・アスエラ『蛍』〔メキシコ〕●グイラルデス『小径』〔アルゼンチン〕●ボルヘス『論議』〔アルゼンチン〕

一九三三年

▼ニューディール諸法成立〔米〕▼ドイツ、ヒトラー内閣成立〔独〕●S・アンダーソン『森の中の死』〔米〕●ヘミングウェイ『勝者には何もやるな』〔米〕●スタイン『アリス・B.トクラス自伝』〔米〕●オニール『ああ、荒野！』〔米〕●**V・ウルフ『フラッシュ　ある犬の伝記』**〔英〕●E・シットウェル『イギリス畸人伝』〔英〕●H・リード『現代の芸術』〔英〕●J・ロマン『ヨーロッパの問題』〔仏〕●コレット『牝猫』〔仏〕●マルロー『人間の条件』（ゴンクール賞受賞）〔仏〕●クノー『はまむぎ』〔仏〕●〈プレイアード〉叢書創刊（ガリマール社）〔仏〕●J・グルニエ『孤島』〔仏〕●ブニュエル『糧なき土地』〔西〕●ロルカ『血の婚礼』〔西〕●T・マン『ヨーゼフとその兄弟たち』（～四三）〔独〕●ケストナー『飛ぶ教室』〔独〕●ゴンブローヴィチ『成長期の手記』（五七年『バカカイ』と改題）〔ポーランド〕●エリアーデ『マイトレイ』〔ルーマニア〕●フロンスキー『ヨゼフ・マック』〔スロヴァキア〕●オフェイロン『素

朴な人々の住処』〔愛〕●ブーニン、ノーベル文学賞受賞〔露〕●西脇順三郎訳『ヂオイス詩集』〔日〕

一九三四年〔五十三歳〕

ウィーンで国防軍と社会民主党員の間に衝突が起こる。密輸された武器を探すという名目で、ザルツブルクの邸宅に家宅捜索が入る。非政治性をこととしていたツヴァイクはショックを受け、ロンドン移住を決意。伝記小説『エラスムス・ロッテルダムの勝利と悲劇 *Triumph und Tragik des Erasmus von Rotterdam*』出版。

▼アストゥリアス地方でコミューン形成、政府軍による弾圧。カタルーニャの自治停止〔西〕▼ヒンデンブルク歿、ヒトラー総統兼首相就任〔独〕▼キーロフ暗殺事件、大粛清始まる〔露〕●フィッツジェラルド『夜はやさし』〔米〕●H・ミラー『北回帰線』〔米〕●ハメット『影なき男』〔米〕●J・M・ケイン『郵便配達は二度ベルを鳴らす』〔米〕●クリスティ『オリエント急行の殺人』〔英〕●ウォー『一握の塵』〔英〕●セイヤーズ『ナイン・テイラーズ』〔英〕●**H・リード『ユニット・ワン』**〔英〕●M・アリンガム『幽霊の死』〔英〕●リース『闇の中の航海』〔英〕●サンドラール『ジャン・ガルモの秘密の生涯』〔スイス〕●ラミュ『デルボランス』〔スイス〕●アラゴン『バーゼルの鐘』〔仏〕●ユルスナール『死神が馬車を導く』、『夢の貨幣』〔仏〕●モンテルラン『独身者たち』(アカデミー文学大賞)〔仏〕●コレット『言い合い』〔仏〕●H・フォシヨン『形の生命』〔仏〕●ベルクソン『思想と動くもの』〔仏〕●バシュラール『新しい科学的精神』〔仏〕●レリス『幻のアフリカ』〔仏〕●ピランデッロ、ノーベル文学賞受賞〔伊〕●アウブ『ルイス・アルバレス・ペトレニャ』〔西〕●A・マチャード『不死鳥』、『フアン・デ・マイナーレ』〔西〕●ペソア『歴史は告げる』〔ポルトガル〕●クラーゲス『リズムの本質』〔独〕●デーブリーン『バビロン放浪』〔独〕●エリアーデ

『天国からの帰還』〔ルーマニア〕●ヌーシッチ『義賊たち』〔セルビア〕●ブリクセン『七つのゴシック物語』〔デンマーク〕●A・レイエス『タラウマラの草』〔メキシコ〕●谷崎潤一郎『文章讀本』〔日〕

一九三六年［五十五歳］

伝記小説『カステリョ対カルヴァン、または良心対権力 *Castellio gegen Calvin oder ein Gewissen gegen die Gewalt*』出版。政府からの招待を受け、はじめてブラジルを訪れる。

▼合衆国大統領選挙でフランクリン・ローズヴェルトが再選〔米〕▼スペイン内戦勃発（〜三九）〔西〕▼スターリンによる粛清（〜三八）〔露〕▼二・二六事件〔日〕●レルネト＝ホレーニア『バッゲ男爵』〔墺〕●オニール、ノーベル文学賞受賞〔米〕●ミッチェル『風と共に去りぬ』〔米〕●H・ミラー『暗い春』〔米〕●ドス・パソス『ビッグ・マネー』〔米〕●キャザー『現実逃避』、『四十歳以下でなく』〔米〕●フォークナー『アブサロム、アブサロム！』〔米〕●J・M・ケイン『倍額保険』〔米〕●クリスティ『ABC殺人事件』〔英〕●O・ハックスリー『ガザに盲いて』〔英〕●M・アリンガム『判事への花束』〔英〕●C・S・ルイス『愛のアレゴリー』〔英〕●サンドラール『ハリウッド』〔スイス〕●ラミュ『サヴォワの少年』〔スイス〕●ジッド、ラスト、ギユー、エルバール、シフラン、ダビとソヴィエトを訪問〔仏〕●F・モーリヤック『黒い天使』〔仏〕●アラゴン『お屋敷町』〔仏〕●セリーヌ『なしくずしの死』〔仏〕●ユルスナール『火』〔仏〕●ダヌンツィオ『死を試みたガブリエーレ・ダンヌンツィオの秘密の書、一〇〇、一〇〇、一〇〇、一〇〇のページ』（アンジェロ・コクレス名義）〔伊〕●シローネ『パンとぶどう酒』〔伊〕●A・マチャード『不死鳥』、『フアン・デ・マイナーレ』〔西〕●ドールス『バロック論』〔西〕●フッサール『ヨーロッパ諸科学の危機と超越論的現象学』（未完）〔独〕●K・チャペック『山椒魚戦争』〔チェコ〕●ネーメト『罪』

〔ハンガリー〕●エリアーデ『クリスティナお嬢さん』〔ルーマニア〕●アンドリッチ『短編小説集三』〔セルビア〕●ラキッチ『詩集』〔セルビア〕●クルレジャ『ペトリツァ・ケレンプーフのバラード』〔クロアチア〕●ボルヘス『永遠の歴史』〔アルゼンチン〕

一九三七年〔五十六歳〕

聖伝のひとつ『埋められた燭台 *Der begrabene Leuchter*』出版（なお、この聖伝の単行本が刊行されるのは一九三七年のことだが、すでに前年の一九三六年に作品集のなかに収録、発表されている）。この年、最後のオーストリア訪問。

▼イタリア、国際連盟を脱退〔伊〕▼フランコ、総統に就任〔西〕●カロザース、ナイロン・ストッキングを発明〔米〕●スタインベック『二十日鼠と人間』〔米〕●W・スティーヴンズ『青いギターの男』〔米〕●ヘミングウェイ『持つと持たぬと』〔米〕●J・M・ケイン『セレナーデ』〔米〕●ナボコフ『賜物』（〜三八）〔米〕●**V・ウルフ『歳月』**〔英〕●セイヤーズ『忙しい蜜月旅行』〔英〕●E・シットウェル『黒い太陽の下に生く』〔英〕●フォックス『小説と民衆』〔英〕●コードウェル『幻影と現実』〔英〕●ル・コルビュジエ『伽藍が白かったとき』〔スイス〕●マルロー『希望』〔仏〕●**ルヴェルディ『屑鉄』**〔仏〕●デーブリーン『死のない国』〔独〕●ゴンブローヴィチ『フェルディドゥルケ』〔ポーランド〕●エリアーデ『蛇』〔ルーマニア〕●ブリクセン『アフリカ農場』〔デンマーク〕●メアリー・コラム『伝統と始祖たち』〔愛〕●A・レイェス『ゲーテの政治思想』〔メキシコ〕●パス『お前の明るき影の下で』、『人間の根』〔メキシコ〕

一九三八年〔五十七歳〕

オーストリアがドイツに併合される。ザルツブルクで焚書に遭う。フリーデリケと離婚。

▼ブルム内閣総辞職、人民戦線崩壊〔仏〕▼ミュンヘン会談〔英・仏・伊・独〕▼ドイツ、ズデーテンに進駐〔東欧〕●ヘミングウェイ『第五列と最初の四十九短編』〔米〕●E・ウィルソン『三重の思考者たち』〔米〕●ヒッチコック『バルカン超特急』〔英〕●V・ウルフ『三ギニー』〔英〕●G・グリーン『ブライトン・ロック』〔英〕●コナリー『嘱望の敵』〔英〕●オーウェル『カタロニア賛歌』〔英〕●ラミュ『もし太陽が戻らなかったら』〔スイス〕●サルトル『嘔吐』〔仏〕●ラルボー『ローマの旗の下に』〔仏〕●ユルスナール『東方綺譚』〔仏〕●バシュラール『科学的精神の形成』、『火の精神分析』〔仏〕●バッケッリ『ポー川の水車小屋』（～四〇）〔伊〕●デーブリーン『青い虎』〔独〕●エリアーデ『天国における結婚』〔ルーマニア〕●**ヌーシッチ**『**故人**』〔セルビア〕●クルレジャ『理性の敷居にて』、『ブリトヴァの宴会』（～六三）〔クロアチア〕●ベケット『マーフィ』〔愛〕●ボウエン『心情の死滅』〔愛〕●グスマン『パンチョ・ビリャの思い出』（～四〇）〔メキシコ〕

一九三九年〔五十八歳〕

アメリカ各地を講演旅行。長編小説『心の焦燥 *Ungeduld des Herzens*』出版。秘書のロッテ・アルトマンと結婚。

▼第二次世界大戦勃発〔欧〕●ドス・パソス『ある青年の冒険』〔米〕●オニール『氷屋来たる』〔米〕●チャンドラー『大いなる眠り』〔米〕●クリスティ『そして誰もいなくなった』〔英〕●リース『真夜中よ、こんにちは』〔英〕●ジッド『日記』（～五〇）〔仏〕●サン＝テグジュペリ『人間の大地』（アカデミー小説大賞）〔仏〕●ユルスナール『とどめの一撃』〔仏〕●サロート『トロピスム』〔仏〕●パノフスキー『イコノロジー研究』〔独〕●デーブリーン『一九一八年十一月。あるドイツの革命』（～五〇）〔独〕●T・マン『ヴァイマルのロッテ』〔独〕●ジョイス『フィネガンズ・ウェイク』〔愛〕●F・オブライエン『スイム・トゥー・バーズにて』〔愛〕●セゼール『帰郷ノート』〔中南米〕

一九四〇年〔五十九歳〕

イギリスの市民権を得る。四月、パリにて「昨日のウィーン Das Wien von Gestern」と題した講演を行う。これが最後のヨーロッパ大陸訪問となる。ニューヨーク、ブラジルへ講演旅行。バース移住。

▼ドイツ軍、パリ占領〔仏・独〕▼トロツキー、メキシコで暗殺される〔露〕▼日独伊三国軍事同盟〔日・独・伊〕●ヘミングウェイ『誰がために鐘は鳴る』、『第五列』初演〔米〕●キャザー『サファイラと奴隷娘』〔米〕●J・M・ケイン『横領者』〔米〕●マッカラーズ『心は孤独な猟人』〔米〕●チャンドラー『さらば愛しき人よ』〔米〕●e・e・カミングズ『五十詩集』〔米〕●E・ウィルソン『フィンランド駅へ』〔米〕●クライン『ユダヤ人も持たざるや』〔カナダ〕●プラット『ブレブーフとその兄弟たち』〔カナダ〕●G・グリーン『権力と栄光』〔英〕●ケストラー『真昼の暗黒』〔英〕●H・リード『アナキズムの哲学』、『無垢と経験の記録』〔英〕●A・リヴァ『雲をつかむ』〔スイス〕●サルトル『想像力の問題』〔仏〕●バシュラール『否定の哲学』〔仏〕●エリアーデ『ホーニヒベルガー博士の秘密』、『セランポーレの夜』〔ルーマニア〕●フロンスキー『グラーチ書記』、『在米スロヴァキア移民を訪ねて』〔スロヴァキア〕●エリティス『定位』〔ギリシア〕●ビオイ＝カサレス『モレルの発明』〔アルゼンチン〕●織田作之助『夫婦善哉』〔日〕●太宰治『走れメロス』〔日〕

一九四一年〔六十歳〕

アメリカ、ブラジルに滞在。ペトロポリスに居宅を移す。回想録『昨日の世界 あるヨーロッパ人の回想 *Die Welt von Gestern. Erinnerungen eines Europäers*』の原稿を出版社に送る。エッセイ『未来の国ブラジル *Brasilien. Ein Land der Zukunft*』

出版。

▼六月二十二日、独ソ戦開始〔独・露〕▼十二月八日、日本真珠湾攻撃、米国参戦〔日・米〕●レルネト＝ホレーニア『白羊宮の火星』〔墺〕●シーボーグ、マクミランら、プルトニウム238を合成〔米〕●白黒テレビ放送開始〔米〕●O・ウェルズ『市民ケーン』〔米〕●O・ウェルズ『市民ケーン』〔米〕●I・バーリン《ホワイト・クリスマス》〔米〕●フィッツジェラルド『ラスト・タイクーン』（未完）〔米〕●**J・M・ケイン『ミルドレッド・ピアース　未必の故意』**〔米〕●ナボコフ『セバスチャン・ナイトの真実の生涯』〔米〕●V・ウルフ『幕間』〔英〕●ケアリー『馬の口から』（〜四四）〔英〕●ラルボー『罰せられざる悪徳・読書――フランス語の領域』〔仏〕●ヴィットリーニ『シチリアでの会話』〔伊〕●パヴェーゼ『故郷』〔伊〕●ブレヒト『肝っ玉おっ母とその子供たち』チューリヒにて初演〔独〕●M・アスエラ『新たなブルジョワ』〔メキシコ〕●パス『石と花の間で』〔メキシコ〕●ボルヘス『八岐の園』〔アルゼンチン〕

一九四二年〔六十一歳〕

二月十六日、リオ・デ・ジャネイロでカーニバルを見物し、翌日ペトロポリスに帰る。二十二日から二十三日かけての夜、ロッテとともに睡眠薬の多量摂取により自殺。二十四日、ペトロポリスの市営墓地に埋葬される。死後、『昨日の世界』、そして中編小説『**チェス奇譚** *Schachnovelle*』が出版される。

▼エル・アラメインの戦い〔欧・北アフリカ〕▼ミッドウェイ海戦〔日・米〕▼スターリングラードの戦い（〜四三）〔独・ソ〕●E・フェルミら、シカゴ大学構内に世界最初の原子炉を建設〔米〕●チャンドラー『高い窓』〔米〕●ベロー『朝のモノローグ二題』〔米〕●S・ランガー『シンボルの哲学』〔米〕●V・ウルフ『蛾の死』〔英〕●T・S・エリオット『四つの四重奏』〔英〕●E・シットウェル

『街の歌』〔英〕●ギユー『夢のパン』（ポピュリスト賞受賞）〔仏〕●サン＝テグジュペリ『戦う操縦士』〔仏〕●カミュ『異邦人』、『シーシュポスの神話』〔仏〕●バシュラール『水と夢』〔仏〕●ウンガレッティ『喜び』〔伊〕●ゼーガース『第七の十字架』、『トランジット』（〜四四）〔独〕●ブリクセン『冬の物語』〔デンマーク〕●A・レイエス『文学的経験について』〔メキシコ〕●パス『世界の岸辺で』、『孤独の詩、感応の詩』〔メキシコ〕●ボルヘス『イシドロ・パロディの六つの難事件』〔アルゼンチン〕●郭沫若『屈原』〔中〕

一九八一年

生誕百周年。全集が編纂されるなどして再評価が進む。

▼皇太子チャールズとダイアナ結婚〔英〕▼フランス国民議会が死刑廃止を可決〔仏〕●ハントケ『村々を越えて』〔墺〕●アトウッド『肉体的な危害』〔カナダ〕●カーヴァー『愛について語るときぼくらが語ること』〔米〕●A・ウォーカー『いい女を抑えつけることはできない』〔米〕●J・アーヴィング『ホテル・ニューハンプシャー』〔米〕●ディック『ヴァリス』『聖なる侵入』〔米〕●オーツ『対立物』〔米〕●T・モリソン『タール・ベイビー』〔米〕●ロス『束縛を解かれたズッカーマン』〔米〕●アシュベリー『影の列車』〔米〕●ナボコフ『ロシア文学講義』〔米〕●サイード『イスラーム報道』〔米〕●ジェイムソン『政治的無意識』〔米〕●マキューアン『異邦人たちの慰め』〔英〕●ラシュディ『真夜中の子供たち』（ブッカー賞受賞）〔英〕●レッシング『シリウスの実験』〔英〕●シリトー『第二のチャンス』〔英〕●ジャーハーディ『神の第五列』〔英〕●〈ウリポ〉『ポテンシャル文学図鑑』〔仏〕●シモン『農耕詩』〔仏〕●ロブ＝グリエ『ジン』〔仏〕●デュラス『アガタ』〔仏〕●グラック『読みつつ、書きつつ』〔仏〕●ソレルス『楽園』〔仏〕●ユルスナール『三島あるいは空虚のヴィジョン』〔仏〕●サガン『厚化粧の女』〔仏〕●レリス『オランピアの頸のリボン』〔仏〕●タブッキ『逆さまゲー

ム』〔伊〕●ガッダ『退役大尉の憤激』〔伊〕●グエッラ『月を見る人たち』〔伊〕●マンガネッリ『愛』〔伊〕●アントゥーネス『小鳥たちの説明』〔ポルトガル〕●ウォルケルス『燃える愛』〔蘭〕●シュヌレ『事故』〔独〕●クローロ『歩行中』〔独〕●B・シュトラウス『カップルズ、行きずりの人たち』〔独〕●ファスビンダー『ヴェロニカ・フォスの憧れ』『ローラ』〔独〕●フラバル『ハーレクィンの何百万』〔チェコ〕●アンジェイエフスキ『どろどろ』〔ポーランド〕●カネッティ、ノーベル文学賞受賞〔ルーマニア〕●エミネスク『書簡一～五』〔ルーマニア〕●チュルカ『旅人』〔ハンガリー〕●ウグレシッチ『人生の顋で』〔クロアチア〕●シェノア『ブランカ』〔クロアチア〕●カダレ『夢宮殿』〔アルバニア〕●エンクヴィスト『雨蛇の生活から』〔スウェーデン〕●アデーリウス『行商人』〔スウェーデン〕●ベケット『見ちがい言いちがい』〔愛〕●アクショーノフ『クリミア島』〔露〕●アルブーゾフ『残酷な遊び』『想い出』〔露〕●フエンテス『焼けた水』〔メキシコ〕●イバルグエンゴイティア『ロペスの足跡』〔メキシコ〕●カブレラ＝インファンテ『ヒゲのはえた鰐に噛まれて』〔キューバ〕●ドノーソ『隣の庭』〔チリ〕●バルガス＝リョサ『世界終末戦争』〔ペルー〕●グリッサン『アンティル論』〔中南米〕●グギ『拘禁　一作家の獄中記』〔ケニア〕●チュツオーラ『薬草まじない』〔ナイジェリア〕●ゴーディマ『ジュライの一族たち』〔南アフリカ〕●P・ケアリー『至福』〔オーストラリア〕

二〇一四年

ツヴァイクの著作、生涯にインスピレーションを受けたというウェス・アンダーソン監督の映画『グランド・ブダペスト・ホテル』が世界中でヒットする。

▼イスラム教スンニ派武装組織ISIL、カリフ制イスラム国家の樹立を宣言、IS〔イスラム国〕に名称変更を宣言〔中東〕

▼マレーシア航空一七便撃墜事件〔ウクライナ〕▼エボラ出血熱が流行〔西アフリカ〕▼理化学研究所、新たな万能細胞「STAP細胞」作製成功の論文を「Nature」誌に発表するも、不正、検証不能が判明。論文取り下げに〔日〕●N・クライン『これがすべてを変える――資本主義VS気候変動』〔カナダ〕●A・ドーア『すべての見えない光』〔米〕●マキューアン『未成年』〔英〕●C・ノーラン『インターステラー』〔英〕●モディアノ、ノーベル文学賞受賞〔仏〕●モディアノ、ノーベル文学賞受賞〔仏〕●フラナガン『奥のほそ道』（ブッカー賞受賞）〔オーストラリア〕

二〇一六年

自殺前のツヴァイクを描いたマリア・シュラーダー監督の映画『曙光の前に』公開。

▼国際調査報道ジャーナリスト連合（ICIJ）、二十一万以上の租税回避機密情報「パナマ文書」を公表▼D・トランプ、合衆国大統領選挙で勝利〔米〕▼国民投票によりイギリスのEU離脱（ブレグジット）が決定〔英〕▼テリーザ・メイ、首相就任〔英〕▼ドゥテルテ大統領就任〔フィリピン〕▼相模原障害者施設殺傷事件〔日〕●アトウッド『鬼婆の子』〔カナダ〕●ボブ・ディラン、ノーベル文学賞受賞〔米〕●ビーティー『セルアウト』（ブッカー賞受賞）〔米〕●C・ホワイトヘッド『地下鉄道』〔米〕●オルダーマン『パワー』〔英〕●クッツェー『イエスの幼子時代』〔南アフリカ〕●ハン・ガン『すべての、白いものたちの』〔韓〕●チョ・ナムジュ『82年生まれ、キム・ジヨン』〔韓〕●村田沙耶香『コンビニ人間』〔日〕●蓮實重彥『伯爵夫人』〔日〕●片渕須直監督『この世界の片隅に』〔日〕

解説　ツヴァイクの生涯と思想——精神の自由に殉じて

ツヴァイクの「三つの人生」

シュテファン・ツヴァイクについては、残念ながら現在日本語で読めるきちんとした伝記というものがないに等しいため、まずはここでこの作家の全体像について少し紹介しておこう。晩年、後に『昨日の世界 *Die Welt von Gestern*』（一九四二）となる自伝を計画していたとき、彼は仮題として『わが三つの人生 *Meine drei Leben*』というものを考えていた。度重なる歴史的大変動の体験によって、まったく別の三つの人生を生きたように感じるという意味の表現である。この「三つ」に従って、ツヴァイクの生涯と思想を概観してみたいと思う（作品については「シュテファン・ツヴァイク年譜［1881–1942］」も参照のこと）。

第一の生――ウィーンでの青春と第一次世界大戦

ツヴァイクは一八八一年十一月二十八日、モラヴィア出身のユダヤ人織物工場主の父モーリッツと、イタリアのオーストリア系ユダヤ人商家出身の母イーダの次男として生まれた。生家はウィーン中心部のショッテンリング十四番地にあり、後に一家で市庁舎近くの屋敷（現在はホテルとなっている）に転居した。

多くの富裕なユダヤ人子弟と同様にギムナジウムへ進学し、早くから文学や芸術に強い関心を持ったツヴァイクにとって、十九世紀末のウィーンは夢のような環境だった。絵画、音楽、建築、詩、演劇などあらゆるジャンルにおいて新たな才能が乱れ咲き、さらにフランスやイタリア、北欧など外国からも最新のトレンドが伝えられて、盛んに議論されていた。特にウィーンのカフェハウスは知識人や芸術家の集う一種のサロンのような場となっており、若きツヴァイクも時代を牽引する作家たちに出会い、世界各国の新聞で最先端の文学作品や劇評にも触れることができた。家業は兄のアルフレートが継ぎ、気楽な次男の立場だったシュテファンはウィーン大学の哲学科に進むものの、厳密で抽象的な研究よりは自由な詩作に惹かれ、ベルリンやパリに遊学し、アメリカやインドにも旅して見聞を広め、ヨーロッパ各国の詩人と交友を深めていた。博士論文はフランスの哲学者の歴史論を扱った『イポリット・テーヌの哲学』で、本人は教授の恩情で通してもらったと回想しているものの、後に伝記小説の大家として活躍する布石となっていることは確かである（ちなみにこの博士号はナチス政権下の一九四一年に「人種的理由から」剝奪され、二〇〇三年にようやく回復された)。

学生時代からツヴァイクは抒情詩、短編小説、戯曲など様々なジャンルで文学活動を展開し、若き才能の一人として頭角をあらわした。その一方で彼自身は自分をしばしば、より偉大な詩人たちの伝達者とみなしていた。特にフランス語詩の翻訳に精力的に取り組み、ポール・ヴェルレーヌ、シャルル・ボードレール、エミール・ヴェルハーレン(彼はツヴァイクの非常に尊敬する友人でもあった)らの訳詩が発表されている。ツヴァイク自身による詩よりもこれらの翻訳は評価が高い。

若手作家として順調なキャリアを積む中で、一九一四年に勃発した第一次世界大戦が大きな転機となる。ヨーロッパの知識人たちの多くは、鬱屈した社会状況を打開する一撃として戦争に熱狂し、三十二歳だったツヴァイクも最初は多少なりともそれに同調していた。開戦直後から彼は、オーストリア軍の一部署でプロパガンダ文書の作成に携わる戦時文書課での従軍を始めた。しかし友人であったフランスの作家ロマン・ロランが、スイスで反戦運動の先頭に立って闘っており、このロランに繰り返し諭される中でツヴァイクも戦争とナショナリズムを批判的に見るようになっていく。さらに軍の任務で激戦後のガリツィア(現ウクライナ／ポーランド領)を訪れ、戦争の悲惨を目の当たりにしたことも、彼を大きく反戦へ傾ける後押しとなった。オーストリア国民の間でも次第に厭戦気分が強まりつつはあったものの、露骨に戦争反対を口にするわけにはいかないという葛藤の中で、反戦劇『エレミヤ *Jeremias*』が執筆された。これは古代イスラエルとバビロニアの戦争を背景に、惨禍を予見しながらそれを阻止することのできない無力な預言者の苦悩を描いたものである。最後にユダヤ人たちは敗れてイェルサレムを失い、捕囚として旅立つことになるが、エレミヤは目に見える神殿を失うことこそが見えない神への真の道であると説き、民衆と共に誇らしく故郷喪失の運命へと向かっていく。ツヴァイクのヒューマニズムと平和理念が壮大なスケールで描かれた大作である。また戦争を駆り立てるナショナリズムの暴力性を、離散《ディアスポラ》によって超越するのがユダヤ民族のあるべき姿だとして、自身のユダヤ性を（ツヴァイクとしては比較的珍しく）積極的に意味づけた重要な作品でもある。

『エレミヤ』は中立国スイスのチューリヒで初演されることになり、ツヴァイクは一九一七年十一月にスイスへ向かった。当初は後日オーストリアに戻る予定で、帰国のあかつきには徴兵忌避をして処罰されることも覚悟したものの、結局オーストリア紙の特派員の身分で終戦までスイスに留まった。この地でロランに再会し、またアンリ・バルビュスやレオンハルト・フランクなど、各国の平和主義者たちとの対話も重ねる中で、ツヴァイク独自の平和思想が醸成されていった。この思想についでは後で詳しく述べる。

第二の生——ザルツブルクでの成功の日々

終戦後、一九一九年にツヴァイクはオーストリアに帰国するが、向かったのは故郷ウィーンではなくザルツブルクだった。戦中に新市街の丘カプツィーナーベルクにあるパシンガー城と呼ばれる古い屋敷を購入しており、ここで戦前から交際していたフリーデリケ・フォン・ヴィンターニッツ（一九二〇年に正式に結婚）、そして彼女の二人の娘との生活が始まった。カプツィーナーベルクへ上る坂道の入口は石造りの門になっており、その向かいにある広場には二〇一八年から「シュテファン・ツヴァイク広場」の名がついている。

このザルツブルク時代はツヴァイクにとって、作家としてもっとも実り豊かな十五年であった。それは純粋に即物的な意味でも言えることで、短編小説、戯曲、評伝、エッセイと多岐にわたる活躍を通して、一九二〇年代の彼は非常な人気作家であった。彼の作風はこの時期の文学潮流の中で見ると保守的な部類に入る。フロイト心理学を積極的に受容し、理性を超えた人間の無意識や性的衝動を微細に描く手法にはモデルネ的な面もあるが、あくまでも旧来の市民階級に広く受け入れられるものの枠を大きく出ることはなかった。彼はまた、ナショナリズムは言うまでもなく、コミュニズムも含めあらゆる政治的活動に関わることを徹底的に避けた。もちろん平和運動への関心は変わらず、戦前と同じようにヨーロッパ各国をさかんに旅しながら、戦争で引き裂かれたヨーロッパの和解と文化的統一という目標をもって講演なども積極的に行なった。ただ特定の党派に縛られることを嫌い、イデオロギーに対しても独立した精神を守り抜くことを何よりも優先した。多少社会派的なエッセイを書くことはあっても、文学作品に露骨な政治的主張を織り交ぜるなどということはまずしなかった。それもあって彼の作品は幅広い読者を獲得し、ドイツ語圏のみならず世界的にも人気を博した。ドラマティックでわかりやすいストーリー展開ゆえ、生前に映画化された作品も多数ある。総じて純文学としては破格の成功であり、同業者たちからは「通俗小説」「大衆作家」と妬み混じりの侮蔑の目で見られるほどだった。

もともと裕福な家の出であることに加え、作家としてのこの時期の成功が経済的にもより多くの自由をもたらしたことは間違いなく、ツヴァイクはベストセラーの連発で得た多額の収入をとりわけ、趣味である芸術家の手稿や遺品のコレクションに注ぎ込んだ。彼が収集したモーツァルトの自筆譜、ゲーテやカフカの自筆原稿、ベートーヴェンの机といった貴重な品々は現在、オーストリア国立図書館や大英図書館をはじめ、世界各地の図書館や博物館に所蔵されている。

ツヴァイクがザルツブルクに住み始めた翌年、一九二〇年にザルツブルク祝祭（音楽祭）が初めて開催された。大都市ウィーンを離れての静かな暮らしを期待していたツヴァイクはあまり歓迎していなかったものの、この祝祭も後押しとなって彼の家は、各国から著名な作家や芸術家が訪れる友好の場、「ヴィラ・ヨーロッパ」となった。文化を通したヨーロッパの和解と統合というツヴァイクの理想が、まさに彼自身の屋敷において体現されたのだ。ただ、祝祭の創立者の一人である先輩詩人のフーゴー・フォン・ホフマンスタールは、ツヴァイクの「通俗的」な成功ぶりを快く思わなかったのか、地元に住む後輩の祝祭への関与を一貫して拒絶し続けた。保守的なカトリック都市のザルツブルクには反ユダヤ的な雰囲気もあり、世界的な成功にもかかわらずその影は常に付きまとっていた。

第三の生——亡命と自死

ザルツブルクはドイツに近く、ヒトラーの山荘があったバイエルン州のベルヒテスガーデンを、カプツィーナーベルクのツヴァイク邸から望めるほどであった。一九三三年にドイツでヒトラー政権が成立し、ユダヤ人ツヴァイクの作品もナチスによる焚書の犠牲となった。オーストリアではドイツからの併合圧力に対抗するアウストロ・ファシズム政権が独裁を強めていく。当初は楽観していたツヴァイクも隣国の政治的脅威を少しずつ認め、移住も視野に入れ始めた一九三四年二月のことだった。ウィーンで社会民主党とファシズム政権の武力衝突が起こり、その直後にザルツブルクのツヴァイクの自宅が、社会民主党の武器隠匿の容疑で突然家宅捜索を受けたのである。あらゆる党派的活動への関与を忌避し、個人の自由を何よりも尊ぶ彼にとって、これは非常な衝撃であり、屈辱的な事件だった。彼はほどなくしてオーストリアを去ることを決意し、ロンドンに居を移す。ここから、死にいたるまで続く長い亡命の日々が始まることになった。

一九三八年にフリーデリケと離婚。ロンドンから後にバースへ移って執筆活動を続けていたツヴァイクだが、ナチス・ドイツによるオーストリア併合によってオーストリア国籍を失い、さらにドイツと英国の開戦により、敵国人としてイギリスでの生活に困難を覚えるようになった。再婚した秘書のロッテ・アルトマンと共に英国籍を取得したものの、それから間もなくヨーロッパを離れ、ニューヨークを経て一九四一年秋からブラジルのリオ・デ・ジャネイロ近郊の避暑地、ペトロポリスの借家に住み始めた。この街がツヴァイクは大いに気に入り、ようやくいくばくかは落ち着いた生活を得て、自伝『昨日の世界』を完成させ、評伝『モンテーニュ *Montaigne*』などにも取り組んだ。しかし言葉の不自由、執筆のための資料が手に入らない状況、悪化する戦況、そして助けを求める同胞の声に十分に応えられない無力感等の中でツヴァイクは次第に抑鬱状態を深め、妻ロッテの重い喘息《ぜんそく》も憂慮の種となった。一九四二年二月半ば、リオのカーニバル見物に出かけたツヴァイクは、その最中に日本軍によるシンガポール陥落の報を受け、戦争の行方にさらに絶望したという。

最後の小説『チェス奇譚』を完成させて間もない二月二十二日夜、ツヴァイクは妻ロッテと共に睡眠薬による自死を遂げた。ポルトガル語でDeclaraçaoと題された遺書は「自由な意志と明晰《めいせき》な精神をもって人生に別れを告げます〔…〕私にとって精神的な仕事が常にもっとも純粋な悦びであり、個人の自由がこの世における至高の宝でありました。友人たちに挨拶を。彼らが長い夜の果てになお曙光を目にすることができますように。気の短すぎる私はお先にまいります」というものであった。

平和主義と内面の自由

ツヴァイクの思想を語るうえで避けて通れないのが個人の自由、あるいは「内面の自由」の理念である。これは単なるエゴイズムでもなければ、抑圧に対する政治的抵抗というのともまた違う。本書に収められた作品は直にこれを主題化してはいないものの、彼の生涯にわたって作品及び生き方の核として常にある、きわめて重要な理念である。これだけでも本一冊書くべきテーマなのだが、最低限の概要をここで述べておこう。

まず前提となるのが、第一次世界大戦中のスイスで平和主義者たちとの論争の際にツヴァイクが持ち出した「敗北主義」というものである。「敗北主義への信仰告白 Bekenntnis zum Defaitismus」（一九一八）と題する大胆なテクストを通して表明されたこの思想は要約するならば、戦争的価値観の究極の否定として、文字通り「敗北」を称揚するというものであった。一見すると極端な非暴力・絶対平和主義で、現在進行形の戦争に抗すべき反戦思想としてはいささかラディカルかつ現実味を欠くものであり、ロランを含む平和運動の仲間からも批判された。しかしこれはナイーヴな感情論の戦争忌避ではなく、ツヴァイク独自の内的自由の思想との連関において捉えるべきものである。すなわち、いかなる理念も——戦争の理念であれ平和の理念であれ、いや平和の理念であればこそ——他者の精神を暴力的に服従させることが決してあってはならないし、もしそうなれば平和の理念は自らを裏切ることになる。それは自由理念においても同様で、外的自由がことごとく奪われる

「敗北」の状況においてこそ、内的自由が決して他者の自由を侵す暴力となることなく、かついかなる暴力によっても決して破壊し得ないものであることが証される。「見えないものを打ち負かすことはできない。人間を殺すことはできても、人間の内に生きる神を殺すことはできない」(『エレミヤ』第九場)――それゆえ他者の精神に対するあらゆる暴力を放棄する「敗北」こそが平和の体現であり、同時にもっとも純粋な自由のあり方なのだと。「敗北主義」とはこの、個人の内的自由の不可侵性を反戦という方向に突きつめたものである。

この内面の自由という思想が政治的な権利の主張とはまったく別のものであるということは、大戦後間もなく書かれた『永遠の兄の目 *Die Augen des ewigen Bruders*』(一九二二)のような作品にも、またその約十年後のナチスに対するツヴァイクの反応にもよく表れている。一九三三年以降、ナチス・ドイツから亡命したユダヤ人あるいは反ナチスの作家たちがファシズム批判の声をあげていく中で、ツヴァイクの反応はルネサンス期の人文学者エラスムスに自らを重ね合わせた『ロッテルダムのエラスムスの勝利と悲劇 *Triumph und Tragik des Erasmus von Rotterdam*』(一九三四)であった。これは狂信の時代に「中立」を表明する彼の信仰告白であり、政治的行動に対する極度の消極性と不決断の態度は、「味方」であるはずの反ファシズム陣営からも非難を受けることになった。ただ、彼が反ファシズム運動から距離を置こうとしたのは、もちろん自らの精神の独立を守りたいという思いからでもあったが、同時に反ファシズム運動に対するソ連の影響が日に日に強まっていたことへの危機感も背景にあった。彼は一九二八年にソ連を訪れたが、その当時からコミュニズムを理想化することなく、その成果を認めつつもスターリン独裁の実態に強い懸念を抱いていた。彼はソ連が本質的にナチス・ドイツと同様の、個人の自由に対する暴力的体制であることを見抜き、反ファシズムの旗印のもとであっても、新たな暴力に加担しようとはしなかったのである。続く『カステリョ対カルヴァン、あるいは良心対権力 *Castellio gegen Calvin oder ein Gewissen gegen die Gewalt*』（一九三六）でこの傾向はさらに明確になり、親友であったロマン・ロランとも、ロランのコミュニズムへの傾倒とともに疎遠になってしまった。ここから見て取れるのは、ツヴァイクの自由理念が内的自由に対する非暴力性と分かちがたく結びついており、ナチス批判のために反ファシズム側の暴力に目を瞑ることも辞さない政治的運動とは相容れなかったということである。

この自由への想いは、文字通り死の時までツヴァイクを離れることがなかった。最後に取り組んでいたミシェル・ド・モンテーニュ論は、まさにそれについてのエッセイであると言ってもいい。十六世紀フランスの宗教戦争のただ中で、塔に引きこもって内面の独立と自由を守り抜いたこの『エセー』の著者は、ブラジルでの隠遁生活を余儀なくされた晩年のツヴァイクにとって理想的な先達となった。未完となった『モンテーニュ』の遺稿の中には「自由」と「死」についてのメモ書きがあり、「生は他人の意志にかかっているが、死は我々の意志次第である」という『エセー』の引用が記されていた。この一節が遺書の「自由な意志をもって」「精神の自由が至高の宝であった」という言葉と響き合っていることは言うまでもない。ツヴァイクはいわば自らの自由理念に殉じたのである。

『過去への旅』（『現実の抵抗』）

Stefan Zweig: *Widerstand der Wirklichkeit*. In: Ders.: Brennendes Geheimnis. Erzählungen. Gesammelte Werke in Einzelbänden (Hrsg. von Knut Beck). S. Fischer Verlag (Frankfurt a. M.) 1987, S. 221-271.

『過去への旅 *Reise in die Vergangenheit*』は未完の小説（一九二九年にメキシコの部分のみ雑誌に発表）で、本邦初訳となる。タイプライターの清書に手書きの書き込みが加えられた原稿が、現在ウィーンのオーストリア国立図書館に保管されている。ツヴァイクはこの作品に対して二つのタイトルを検討しており、一つは今回採用した『過去への旅』、もう一つは『現実の抵抗 *Widerstand der Wirklichkeit*』というものだった。原稿には両方の題名が書かれていて、ツヴァイクが最終的にどちらをより適切と考えていたかは断定できない（前者が薄い線で消されているようにも見えるが、不明瞭である）。一九八七年にS・フィッシャー社の全集に収録された際には後者のタイトルが採用されていた。しかし二〇〇八年になってこの小説がフランスで出版されてベストセラーになり、その際のタイトルが『過去への旅 *Le Voyage dans le passé*』であった。S・フィッシャー社も最近の小説集などには『過去への旅』として収録している。

ツヴァイクは執筆に際して、まず手書きの草稿を何通りか書き、形が決まるとタイプライターで清書し、そこにさらに手書きで修正を加えるという手順を取ることが多かったようだ。この翻訳の底本とした全集はそのタイプ稿のうちタイプされた部分のみを採用し、手書きの修正は考慮していない。実際のタイプ稿を見るとかなり鉛筆の加筆修正があるほか、最後の場面の後にはツヴァイクの筆跡で数行の文が書き加えられていて、もう少し物語を続けることも検討されていたとみられる。ひとまず本書では全集収録の形、つまりタイプ稿を作成した時点での作者の意志と思われるものに従い、表題は近年の傾向に沿って『過去への旅』とした。

ツヴァイクの代表作の多くが、一人の人物の極端な、ほとんど異常なまでの精神状態を深く掘り下げる心理小説である中で、本作ではより細やかで等身大の情熱が綴られており、物語展開にもいくらかメロドラマ的なところがある。一人称でなく三人称で書かれており、主人公がツヴァイク自身とあまり共通点を持たない、貧困層出身だが優秀なドイツ人技術者という設定であることも目を引く。訳註でも述べたように、序盤のルートヴィヒとG…顧問官夫人の境遇は、詩人フリードリヒ・ヘルダーリンと「運命の恋人」と言われる人妻ズゼッテ・ゴンタルトの関係に重ねられている。ただし小説中のルートヴィヒと彼女の恋愛関係は、実質的にルートヴィヒのメキシコ赴任が決まってから出発までの十日間に凝縮され、それも最後まで一線を越えることはない。互いを隔てる壁を乗り越えることはついにできないまま、「戻ってきたときには」という彼女の約束の言葉もむなしく、二人は第一次世界大戦によって決定的に引き裂かれてしまう。九年の時を経て再会した二人の間で古い情熱が蘇《よみがえ》りはするものの、それ以降の展開はまさに「現実の抵抗」という言葉に相応しく、次々と襲いかかる卑俗で無神経な現実が、二人の間に生じてしまった埋めがたい溝をあらわにしていく。

ツヴァイクはテクストを一通り書いた後でかなりの分量をカットして短縮するのが常だと自ら語っている。遺稿となった本作品のタイプ稿が、その処置を施された後のものなのかどうかは定かではないが、『チェス奇譚』のような完成に至った作品と比べると、いささかこなれていない部分が目に付くのも事実だ。例えば抽象的な名詞を立て続けに用いたり、同じ単語や言い回しが繰り返されていたり、やや説明的で冗長さを感じさせたりといったところである。もともと形容詞の連用をはじめとした「しつこい、くどい」文体を指摘される作家ではあるのだが、それでも出版に向けて見直す機会、あるいは他者の目による校正があったならば、ひょっとしたら削除ないしは修正されたのではないかと思われる箇所も散見される。逆に簡略な事実関係の記述に終始していて、もっと詳細な描写があってもおかしくないように感じる部分もあるなど、完成作に比べればいくらかアンバランスな面も否めない。

そうした中、終盤で二人がハイデルベルクに降り立ってから、物語が「現実の抵抗」のもとに陰鬱なエンディングへ向かって急速に展開していく数ページにおいては、ひとつひとつの描写が鋭く抉り出すような生々しさを帯び、ツヴァイクらしい筆運びの魅力が際立っている。二人の関係を引き裂いたのが戦争であったのと同様に、再会した二人の幻滅を象徴的に示すのもまた軍国主義者の行進であることは、ツヴァイク自身の思想をはっきりと反映している。

隊また隊と、その単調さによって二倍にも扇動的に鳴りわたる太鼓の拍子に打たれてその背筋は張り、目は厳しくなった——戦争と復讐の見えない鍛冶場が、この平和な広場で、穏和な雲が甘美に流れる空に向かって聳えているのだった。
「狂気の沙汰だ」と彼はめまいを覚えながら呆気にとられてひとりごちた、「狂気の沙汰だ！奴らは何を求めているんだ？　もう一度なのか、もう一度やろうというのか？」
もう一度あの戦争をしようというのか、彼の人生のすべてをめちゃくちゃにしたあの戦争を？経験したことのない戦慄を覚えつつ、彼はこの若者たちの顔を見やり、この黒い塊となって進んでいく四列に並んだ集団にくぎ付けになった。

自伝『昨日の世界』には、ツヴァイク自身が一九二〇年代はじめのヴェネツィアでファシストの行進に遭遇したときのことが語られており、このハイデルベルク駅前のシーンでそれが想起されていることは十分に考えられる。全集の編者ベックが推測するようにこのあたりの部分が（中断を経て）一九三〇年代初頭に書かれたとすれば、勢力を拡大しつつあったナチスに重ね合わせられている可能性もある。いずれにせよ、メキシコにいて戦争を直接経験していないはずのルートヴィヒに「もう一度あの戦争を」と言わせているのは、明らかに作者自身の思い入れである。いかに取り繕おうとも失われた時間を取り戻すことはもはや不可能であり、待ち受けているのは暗い未来でしかありえないことが、このシーンで完全に明らかになる。

　この小説は先述のように、ドイツ語圏よりもフランスで先に話題になった。そして二〇一三年にフランス人監督によって映画化もされている。パトリス・ルコント監督の『暮れ逢い　*A Promise*』である。ルコントは主人公たちの関係をかなり早い段階から、少なからずエロティックな予感を帯びたものとして演出する（夫もそれを察知してルートヴィヒをメキシコへ送ったという設定である）。さらに、原作の救いのない結末を改変して、二人の未来に希望の見えるラストシーンを用意したことを監督がインタビューで明言している。

　ルコントとはまた違うのだが、ツヴァイク自身も一時はもう少し明るい終わり方を検討してはいたようだ。実は今回用いた全集のもとになったタイプ原稿だけでなく、それに先行する手書きの草稿も別の場所に保管されており、そちらの結びはある種の救いへと至るものになっていたという。散歩に出た二人はむなしい影との戯れの代わりに実際に城址まで行き、そこでルートヴィヒが重大な告白をする。メキシコへ旅立つ前に彼は彼女に、全てを捨てて自分についてきてくれるように求める手紙を書いたが、彼女と子供の姿を目にして思いとどまったのだと。彼女はそれを聞いて、なぜ今になって言うのか、あのとき彼がそう言ってくれるのをずっと待っていたのにと憤る。しかし最後に彼女は、これは別れではなく彼はずっと自分の中にいるのだと言って、最終列車でフランクフルトへ帰っていく。ラストシーンは「この晩初めての、そしてこれを最後に二度と交わされることのない口づけ」である。

その後ツヴァイクはこの（一応は）円満な解決を放棄し、現在のタイプ原稿にある陰鬱な結末を選択した。先述のようにタイプ原稿の後にさらに数行が書き加えられてはいるものの、それを含めても最初の草稿のような救いへ導くものとは思われない。本書のタイトルとしては『過去への旅』を採用したが、これはどちらかというと草稿の方に適したもので、タイプ稿の内容には『現実の抵抗』の方がより合っているのかもしれない。こちらは一転して深いペシミズムに覆われ、「現実の抵抗」によってどうしようもなく引き離されていく男女の運命、さらには戦争の残酷さ、また来たるべき時代への不安が支配することになる。

最後のシーンにやや唐突に登場するヴェルレーヌは、ツヴァイクが若い頃翻訳に取り組んでいた詩人のひとりである。ただし小説に引用される「センチメンタルな対話 Colloque sentimental」という詩は、彼の編纂したドイツ語のヴェルレーヌ訳詩集（一九〇二／一九〇七）には別の人の訳で収録されていた。小説中のドイツ語はツヴァイク自ら訳したものだろう。登場するフランス語の詩行のうち二行目は、訳註にも述べた通り原文のont evoqué（思い出した）という箇所がツヴァイクによってcherchent（探す）と改変されており、ドイツ語訳も「suchen die Vergangenheit（過去を探す）」となっている。

いずれにしても、過去と影というのはヴェルレーヌよりも、ツヴァイク自身にとって重要なモティーフであった。約十年後の自伝『昨日の世界』の最終段落に、この「影」が印象的に登場している。第二次世界大戦が勃発した一九三九年九月についての記述である。

帰り道に、私は突然自分の影に気付いた。現在の戦争の背後に別の戦争〔第一次世界大戦〕の影を見たように。この影は今にいたるまでもはや一度として私から去ることがなく、昼も夜も私のあらゆる思考の上を覆っていた。あるいはその暗い輪郭がこの本のページのいくつかにもかかっているかもしれない。

『過去への旅』のハイデルベルク駅前のシーンでも、ルートヴィヒが現在の軍国主義者たちの背後にかつての戦争を幻視する。影は過去の亡霊であり、現在の自分の一部でありながらもはや自分自身ではないもの、自分から切り離せないものでありながらもはや取り戻しようもなく過ぎ去ってしまったものの象徴であり、同時に再び来たるべき災禍の予感を孕《はら》むものでもある。その意味で、ヴェルレーヌの詩がルートヴィヒにとって予言的な意味を帯びたように、『過去への旅』はツヴァイク自身の運命にとって予言的な物語であったとも言える。完成されなかった理由は推測するしかないが、仮に終盤が一九三〇年代に書かれたとするならば、執筆を進めるうちに現実の世界の方が、小説に描き得たものをはるかに凌駕する過酷さに到達してしまったためなのかもしれない。物語上はあくまで第一次世界大戦直後の一九二〇年代初頭で結ばれなければならないにもかかわらず、現実が小説中の「現実」をやすやすと追い抜いてしまい、いわばその「現実の抵抗」ゆえに物語の方が行き場を失ってしまったということではないだろうか。結果として粗削りな部分を残してはいるものの、その分ツヴァイクが強調したかった言葉、こだわっていた表現、力を込めたエピソードなどが完成作以上にくっきりと浮かび上がってくるのが、この作品の魅力であると言えよう。

『チェス奇譚』

Stefan Zweig: *Schachnovelle.* In: Ders.: Buchmendel. Erzählungen. Gesammelte Werke in Einzelbänden (Hrsg. von Knut Beck). S. Fischer Verlag (Frankfurt a. M.) 1990, S. 248-314.

『チェス奇譚 *Schachnovelle*』（一九四二）はツヴァイクの全作品の中でもっとも有名なものの一つであり、ドイツ語圏ではギムナジウムの課題として読ませられることもあるようだ。日本でも俳優の故・児玉清氏などが積極的に紹介されていたこともあり、ツヴァイク作品の中では伝記『マリー・アン

トワネット *Marie Antoinette*』(一九三二) に次いで知名度が高い。従来の邦訳では『チェスの話』というタイトルになっていた。ただ原題のノヴェレというのはドイツ語で短・中編小説を意味するが、元来は「新奇なもの」を指す言葉で、一つの筋に従いながら「聞いたことのないような話」を語るというジャンルである。一読して明らかなように、Schachnovelleはこの「新奇なもの」を語るというノヴェレの性質を十二分に持った作品であり、その点を強調する意味で思い切って『チェス奇譚』という邦題にした。

この小説をツヴァイクは文字通り生涯最後の日々に完成させた。自死の前日に彼はタイプ原稿を、ペトロポリスの郵便局からニューヨークのヴァイキング・プレス社、同じくニューヨークのゴットフリート・ベルマン・フィッシャー(ストックホルムに本拠地を置いた亡命出版社ベルマン・フィッシャーの社長)、そしてブエノス・アイレスの翻訳者アルフレード・カーンに宛てて発送した。さらにブラジルにももう一つタイプ原稿が残され、これがポルトガル語版の底本となった。戦後ドイツで出版された『チェス奇譚』は、このうち一九四三年にベルマン・フィッシャー社から出たドイツ語版がもとになっているが、これはツヴァイクのタイプ原稿に多少の細かな修正が加えられたものである。本訳が用いるS・フィッシャー社の全集版も基本的にはこれと同じものだが、二〇一三年にレクラム文庫から、他者の手による加筆修正を除いたツヴァイクの原稿のみに基づく新版が発行されており、現行版との異動が注釈でまとめられているので、特に重要なものは訳註で紹介している。

『チェス奇譚』ではナチス・ドイツによるオーストリア併合が重要な役割を果たしているが、ツヴァイク自身はそれを待つことなく、オーストリアのユダヤ人の中では比較的早い時期に亡命に踏み切った一人であった。彼がロンドンへ亡命した一九三四年頃にはまだ、ドイツからオーストリアへ避難してくる人も少なくなく、アウストロ・ファシズムによるナチスへの抵抗に期待が持たれていた。一九三七年十一月に最後にウィーンを訪れたとき、ツヴァイクは友人たちの危機感のなさに愕然として「あれほど愛してきたウィーンの憂いなさが、初めて私にとってつらいものとなった」と記している。事実オーストリアがドイツに併合されたのはそのわずか数か月後のことだった。舞台の一つとなっているホテル・メトロポールは、現在のフランツ・ヨーゼフス・カイの近くにかつて実在し（すぐ近くにはツヴァイクの父が経営する織物工場の本社があった）、一九三八年にナチスに接収された後は実際にゲシュタポの本部として使われた。

ツヴァイクがナチスを直接題材としている唯一のフィクション作品ということもあって、論文等で扱われる頻度も彼の他作品に比べてかなり高く、時代背景と絡めた解釈も試みられている。例えば研究者の間にはチェントヴィッチを全体主義、B博士をその犠牲となる古き良きヨーロッパの象徴とする見解もあるが、一方でそうした政治性はそれほど重要ではなく、あくまで心理劇として読むべきだという立場もある。いずれにせよ確かに言えるのは、執筆当時のツヴァイク自身が置かれていた状況が、間違いなく作品世界に決定的な影響を及ぼしているということだ。それはとりわけ

B博士が語る「無」の苦しみ、終わりなき思考の地獄のうちに見出すことができる。

何をすることもなく、何を聞くこともなく、何を見ることもなく、いたるところ絶え間なく無に囲まれる、時間も空間もない完全な空虚に。行ったり来たり歩き回り、思考も行ったり来たり、繰り返し行ったり来たり。しかし思考でさえも、何も実体がないように見えて、やはり何らかの足場が必要なものです。そうでなければ堂々巡りになって、無意味に自分の周りをぐるぐると回り始めてしまう。思考もまた無には耐えられないのです。朝から晩まで何かを待ち続け、何も起こらない。さらに待ち続け、やはり何も起こらない。待って、待って、待ち続けて、考えて、考えて、こめかみが痛むまで考え続けました。何も起こらない。ひたすら一人のままで。ひとり、ひとり。

実際に拘禁や拷問を体験したわけではないツヴァイクが、B博士の特異な心理状態をかくも克明に描写することができたのは、そこに亡命生活における彼自身の無力感が重ねられているためでもあろう。そしてそれは、皮肉なことだが、生涯にわたって彼の支えであったほかならぬあの「内面の自由」の理念とも無関係ではなかったように思われる。全体主義による迫害、亡命という未曾有の状況の中で、この自由は以前とは比べものにならないほど切実なものとなっていた。モンテーニュを師に、ツヴァイクは内的自由の至上の価値を改めて確かめ、外の世界がいかに不自由でも、いかに憎悪と欺瞞に満ちていようとも、「砦」としての精神の内にこの自由を救い出すことができると信じた。しかし彼がそのモンテーニュに寄せて「ガスマスクの下でも自由に思考する」と表現したこの内面の自由は、外界からの隔絶によって守られることを前提とするゆえに、閉ざされたホテルの一室における「足場」のない思考と同様に、出口のないスパイラルに陥る危険を孕んでもいる。決して「ガスマスク」の外へ漏れ出ることのない自由な思考とは、果たして意味のある思考なのだろうか。それはつまるところ「自分自身を相手にチェスをする」ような事態にほかならないのではないだろうか。

ことによればツヴァイクを自死へと至らしめたのかもしれない、この「内面の自由」の危険な負の側面を、B博士の「自分とのチェス」は象徴的に物語る。『過去への旅』の項でツヴァイクの「しつこい」文体に言及したが、そのしつこさが最良の形で発揮されたのがこのスパイラルの描写だろう。次々に襲ってくる逃げ場のない思考、そして無限に繰り返されるチェスの狂気を、畳みかけるような熱を帯びた文が生き生きと表現している。B博士に向けられた悪意による拷問が内面化されて、あたかも作者が自分自身を追い込んでいるかのようでもある。

こうした心理描写の迫真性というのはやはり文学ならではの魅力である。『過去への旅』同様に『チェス奇譚』も映画化されており、こちらは一九六〇年にゲルト・オズヴァルド監督が制作した同名のドイツ映画である。ただそのストーリーは『暮れ逢い』以上に改変が著しい。チェントヴィッチ側のエピソードのほとんどをカットし、主人公（バシルという名前が与えられている）がチェスにのめり込んでいく過程も大幅に簡略化している。その代わりに原作にはないイレーネという女性が登場し、最後にチェントヴィッチとの対局の中で狂気に陥りかけたバシルは、船に同乗していたこの女性と再会して救われる。ツヴァイクの文章が表現する異常心理の迫力は、主演のクルト・ユルゲンスの熱演にもかかわらず、ここには半分も見出すことができない。原作はナチスの勝利が予期されていた時期のものであったこともあり、完全にペシミスティックであるのに対し、映画は一応のハッピーエンドになっているが、それも精神的拷問というテーマの深刻さを十分に生かしきれないという結果に終わっている（なお、このほど新たな映画化がドイツのフィリップ・シュテルツル監督によって行われ、二〇二一年後半に公開される予定である）。

成功したとは言えないこの映画化が逆に浮かび上がらせる、原作のもう一つ興味深い点として、映画には登場しない語り手の存在が挙げられる。ツヴァイクの小説では、一人称の語り手が別の人物の物語る奇異な体験を聞くという枠物語の形がよく用いられる（ちなみにこの「枠」による語りを見事に再現してみせたのが、ツヴァイクへのオマージュとされる、ウェス・アンダーソン監督による二〇一四年の映画『グランド・ブダペスト・ホテル』である）。『チェス奇譚』も一応はその類型と言えるが、ただ他の作品と異なるのは、『チェス奇譚』においては「枠内」つまりB博士の物語るホテル・メトロポールでの体験を踏まえた、船上つまり「枠外」の物語も同様に重要である点、さらに語り手も単に話を聞くだけではなく、物語の展開に積極的に関与していく点である。そしてB博士の体験がツヴァイク自身の亡命における心理状態を反映しているのに劣らず、語り手もまた――彼の多くの短編小説におけるのと同様――作者自身を思わせる特徴を多く有している。B博士と同郷のオーストリア人であり「モノマニア的な人間への好奇心」という心理学的関心を持った人物。さらにチェスをたしなむものの決して強くはないということ（ツヴァイクもチェスは弱かったという）。また作品の舞台になっている、ニューヨークからブエノス・アイレスの航路というのは、亡命後のツヴァイクが実際に乗船したものである。

すると、この語り手はツヴァイク同様亡命者でもあるのだろうか。語り手自身の境遇について明確に語られることはなく、B博士への接近も当初は単なる好奇の念によるもののように見えるため、亡命者ではなく単なる旅行者とみなすべきだとする論もある。しかし訳註にも記したように、ツヴァイクのタイプ原稿には語り手の「私にはヒトラーによって禁じられているドイツ語」という言葉があった。この部分は本訳の底本とした全集版では削除されているものの、それは校訂段階で第三者によってなされたことであり、作者自身は疑いなく語り手を自分と同様「ドイツ語を禁じられた」被迫害者（ただし人種的理由か政治的理由かは明らかでない）の一人として設定していたことがわかる。それを別にしても、既にオーストリアがナチス・ドイツに併合されて消滅したこの時点において、B

博士が自分と同じ「オーストリア人」の語り手に対して自分の政治的立場と拷問の体験を率直に打ち明けるのは、語り手がナチスを支持する側の人間でないと確信できたからとしか考えられない。語り手だけがB博士の秘密を共有し、最後のシーンで彼を現実へ引き戻すことができるのも、単に話を聞いて事情を知っていたというだけでなく、同じ境遇であるゆえに、B博士の体験したことの意味をただ一人真に理解できたためだろう。両者の運命はつまるところ二つにして一つであり、さらに言えば作者のそれとも一体である。「私がチェスをすることはもう二度とありません」というB博士の言葉は、人生というチェス盤から自らの意志で間もなく降りることを決意していた、ツヴァイク自身の告別の言葉でもあったのかもしれない。

カプツィーナーベルクの鐘

訳者がツヴァイクに初めて出会ったのは高校二年のときである。外国文学が好きで特にドイツ語圏の作家にあれこれと手を出していた中で、名前すら聞いたことのなかったこのオーストリア人の作品は、図書館に並んでいたみすず書房の全集二十一巻のどれを取っても、とにかく群を抜いて面白かった。人間の強さと弱さを心理学的に抉《えぐ》る筆の巧みさに魅了され、ヨーロッパの未来と精神の自由を問い続けたその思想の今日性にも驚嘆したが、何より彼の悲劇的な自死のエピソードにわけもなく惹きつけられ、この人をもっと深く知りたい、究めてみたいと強く思ったのだった。彼がドイツ文学という学問の業界においてはほとんど研究に値する存在とみなされておらず、それどころか長らく「二流の大衆娯楽作家」として蔑視されてきたという事実を知るにいたったのはもう少し後のことである（余談だが、みすず書房の全集に付されている訳者解説の多くが、自分で訳しておきながらこの種の偏見を隠していないことに、かつての日本の学界におけるツヴァイクの扱われ方がよく表れている）。

大学の専門課程に進んだ二〇〇六年当時も、日本にはツヴァイクに関する研究文献がきわめて乏しく、専門的に扱っている研究者もほぼ皆無だった。こうした状況はドイツ語圏でも実は大差なかったのだが、それでもツヴァイクの長く暮らしたザルツブルクには「国際シュテファン・ツヴァイク協会」があり、地道な取り組みを続ける研究者らによって小規模ながらシンポジウムの開催や論集の出版も行われていた。二〇〇八年にはザルツブルク大学の関連組織として「シュテファン・ツヴァイク・センター」もオープンするなど、遅ればせながら少しずつ研究対象としての地位も高まりつつあった。もともとドイツ語圏よりツヴァイク人気の高かったフランスで、『過去への旅』のベストセラーを一つのきっかけとして大きなルネサンスが起こったのもちょうどこの時期である。

二〇一二年秋からオーストリア政府奨学生としてザルツブルク大学博士課程に留学する機会を得、ツヴァイクの「内面の自由」についての博士論文を書きながら、彼が十五年にわたって暮らしたこの小さな街を満喫した。保守的とはいうものの排他性は感じられず、大きさもほどよくて豊かな文化的環境もあり、ヨーロッパ各地へのアクセスも優れていて（これはツヴァイクがザルツブルクに住んだ理由の一つでもある)、個人的には非常に住みやすい街であった。カプツィーナーベルクは旧市街への眺めも良い格好の散歩道で、五番地にあるツヴァイクの旧居(一九三七年以来別人の所有となっている)の門、そしてその先にある修道院の前にひっそりと立っているツヴァイク像へと続く坂を何度となく上っては、この美しい地を追われて遥かブラジルで命を絶つことになった彼の無念に思いを馳せた。教会の多い街なので、塔という塔から毎時鳴りわたる鐘の音が丘の上まで届いてくる。住んでいた頃のツヴァイクは時に煩わしくも感じていたらしいが、離れてみればその響きもまた、この街で過ごした幸福な日々の記憶として懐かしく思い起こされたことだろう。

ヨーロッパを遠く離れて客死したツヴァイクと妻ロッテを、ブラジルは国葬をもって弔った。最後に住んでいたペトロポリスの家は現在Casa Stefan Zweigという記念館になっている。「自由」に殉じた彼の最期の地をいつか訪れ、その墓に詣でたいとずっと思い続けながら、いまだ果たせずにいる。

そんなこんなで、ツヴァイクという作家の日本における境遇に長年もやもやとしたものを抱えながらも、これといったことができずにいた中で、このたび翻訳の機会をいただいたことは大変な幸運であった。ツヴァイクの文章は「何が言いたいかわからない」ということはほぼ皆無で、華麗ではあってもいたって明快な(文学としては少々明快すぎるほどの)スタイルなのだが、彼の迸るばかりの

「しつこい」表現と、自分の貧弱な語彙力とに頭を抱えながらの作業ではあった。とはいえやはりツヴァイクの訳を出すというのは長年の夢だったこともあり、本当に楽しく取り組ませていただいた。あとはブラジルの墓から怒られないような訳文になっていることを祈るのみである。本書に先立って〈ルリユール叢書〉からは、宇和川雄・籠碧両氏の訳による『聖伝』という、ツヴァイクの人と思想を深く知るためには欠かせない隠れた名作を集めた一巻も出版されており、非常に嬉しく、また心強く思っている。企画から何年にもわたって、ここまで丁寧に導いてくださった幻戯書房の中村健太郎氏のご尽力に、この場を借りて心より感謝したい。

結び――この暗いひと時に

本稿は二〇二〇年から二一年にかけての冬に執筆されている。この記述がいずれ時代遅れになることは承知の上で、現在の世界情勢との関係にも触れておくことにしよう。ドイツやオーストリアのメディアにおいては、危機の時代と結び付けられて時折ツヴァイクが引用されるのを見かける。現代社会を第一次世界大戦前夜に重ねたり、難民問題に際してナチス時代の亡命に言及したりする際に、折に触れてツヴァイクの一節が引き合いに出される。歴史を語る達人であった彼は、自身の生きた時代を超えて、今そこにある危機をとらえるための的確な言葉を提示してくれる書き手なのである。

本稿執筆中の現在はそのことを改めて実感させられる状況にある。ツヴァイクは第一次世界大戦を通して、国と国とが引き裂かれ友情が断ち切られる苦しみを体験した。その思いが『過去への旅』で恋人たちの関係を悲劇へと転ずる「鉄のカーテン」にも投影されている。以来「ヨーロッパを再び一つにすること」がツヴァイクの悲願となった。諸民族が相争うのではなく、互いから学び尊重し合い、共に発展していくヨーロッパこそが彼の夢であった。その彼が亡命後とりわけ悩んでいたことの一つが、あらゆる行動に制限が付きまとい、どこへ行くにも「客人」「よそ者」としてヴィザやパスポート、大量の申請書の類に追い回される理不尽さだった。『昨日の世界』の中で彼は、第一次世界大戦以前はパスポートなどなしに、誰もが思いのままに旅することができたと、かつての自由な世界を懐かしんでいる。

その自由は二十一世紀のヨーロッパにおいていま一度現実のものとなったわけだが、我々がすっかりそれに慣れきってしまっていた二〇二〇年春、突如として世界は新たな分断に陥った。『過去への旅』で第一次世界大戦が始まったときと同じく「何百万という無力な人々が運命の牢獄の壁に向かって怒りをぶつけていた」という状況が、まさしく全世界を再び覆うことになったのである。そしてまた、外出を妨げられ、日常を奪われて灰色の閉塞のうちに過ごすことを余儀なくされる中で、あのホテル・メトロポールの「無」の部屋を思わせる危険な精神状態が社会全体にも、また自らの内にも次第に芽生えつつあることを、戦慄とともに認めた人も多いことと思う。ひとたび隔てられた国と国、人と人のあいだが、この「牢獄」を脱したときに果たしてどのように変わっていくことになるのだろうかと、翻訳を終えた今改めて考えずにはいられない。

本書に収められた二作品はいずれもペシミスティックな結末であったが、最後はツヴァイクが遺してくれた希望の言葉をもって締めくくることにしよう。亡命中のアメリカで一九四一年五月に発表された「この暗いひと時に In dieser dunklen Stunde」というテクスト（英語による講演に基づく）である。

まず暗くならなければ、不滅の星々がいかに素晴らしく頭上に輝いているかということに我々は気付きません。それと同様に、まずこの暗いひと時が、ことによれば歴史上もっとも暗いひと時が、我々の上にやってこなければならなかったのです——それによって我々が、呼吸を身体から切り離せないように、自由を我々の魂から奪い去ることもできないのだということを悟るために。〔…〕ですから結束して、我々の仕事、我々の生をもって、この責務を果たしていこうではありませんか、各々が自らの言語で、各々が自らの国のために。今この時において、おのれ自身に、そしてまた互いに対して誠実であってこそ、我々は名誉をもって使命を果たしたと言えることになるでしょう。

［著者略歴］

シュテファン・ツヴァイク［Stefan Zweig 1881–1942］

一八八一年ウィーンのユダヤ系の裕福な家庭に生まれる。ウィーン大学で学びつつ、作家として活動を始める。第一次世界大戦中はロマン・ロランとともに反戦活動を展開。戦後は伝記小説等で人気を博しながら、ヨーロッパの人々の連帯を説く。ヒトラー政権の樹立後、ロンドンに亡命し、さらにアメリカ、ブラジルへと転居。一九四二年二月二十二日、妻とともに自殺。亡命下で執筆された自伝『昨日の世界』と、死の直前に完成させた『チェス奇譚』（本作）が死後に刊行された。

［訳者略歴］

杉山有紀子［すぎやま・ゆきこ］

一九八五年千葉県生まれ。東京大学大学院人文社会系研究科博士課程単位取得退学、ザルツブルク大学博士課程修了（Dr. phil.）。慶應義塾大学専任講師。専門はシュテファン・ツヴァイクを中心とした二十世紀のオーストリア文学。

〈ルリユール叢書〉

過《か》去《こ》への旅《たび》　チェス奇《き》譚《たん》

二〇二一年七月六日　第一刷発行

著　者　シュテファン・ツヴァイク

訳　者　杉山有紀子

発行者　田尻　勉

発行所　幻戯書房

郵便番号一〇一－〇〇五二

東京都千代田区神田小川町三－十二　岩崎ビル二階

電　話　〇三（五二八三）三九三四

FAX　〇三（五二八三）三九三五

URL　http://www.genki-shobou.co.jp/

印刷・製本　中央精版印刷

ISBN978-4-86488-223-1 C0397

〈ルリユール叢書〉発刊の言

厖大な情報が、目にもとまらぬ速さで時々刻々と世界中を駆けめぐる今日、かえって〈遅い文化〉の意義が目に入りやすくなってきました。例えば、読書はその最たるものです。それというのも読書とは、それぞれの人が自分のリズムで本を読み、日々の生活や仕事、世界が変化する速さとは異なる時間を味わう営みでもあります。人間に深く根ざした文化と言えましょう。

本はまた、ページを開かないときでも、そこにあって固有の時間を生みだすものです。試しに時代や言語など、出自を異にする本が棚に並ぶのを眺めてみましょう。ときには数冊の本のなかに、数百年、あるいは千年といった時間の幅が見いだされるかもしれません。そうした本の背や表紙を目にすることから、すでに読書は始まっています。

気になった本を手にとり、一冊また一冊と読んでいくと、目には見えない書物同士の結び目として「古典」と呼ばれる作品があることに気づきます。先人の知を尊重し、これを古典として保存、継承していくなかで書物の世界は築かれているのです。かつて盛んに翻訳刊行された「世界文学全集」も、各国文学の古典を次代の読者へと手渡し、共有する試みでした。

古今東西の古典文学は、書物という形をまとって、時代や言語を越えて移動します。〈ルリユール叢書〉は、どこかの書棚でよき隣人として一所に集う――私たち人間が希望しながらも容易に実現しえない、異文化・異言語・異人同士が寛容と友愛で結びあうユートピアのような――〈文芸の共和国〉を目指します。

また、それぞれの読者にとって古典もいろいろです。私たちは、そのつど本を読みながら、時間をかけた読書の積み重ねのなかで、自分だけの古典を発見していくのです。〈ルリユール叢書〉は、新たな古典のかたちをみなさんとともに探り、育んでいく試みとして出発します。

Reliure〈ルリユール〉は「製本、装丁」を意味する言葉です。
ルリユール叢書は、全集として閉じることのない
世界文学叢書を目指し、多種多様な作品を綴じながら、
文学の精神を紐解いていきます。
一冊一冊を読むことで、読者みずからが〈世界文学〉を
作り上げていくことを願って——

［**本叢書の特色**］

❖名作の古典新訳から異端の知られざる未発表・未邦訳まで、世界各国の小説・詩・戯曲・エッセイ・伝記・評論などジャンルを問わず紹介していきます（刊行ラインナップをご覧ください）。

❖巻末には、外国文学者ならではの精緻、詳細な作家・作品分析がなされた「訳者解題」と、世界文学史・文化史が見えてくる「作家年譜」が付きます。

❖カバー・帯・表紙の三つが多色多彩に織りなされた、ユニークな装幀。

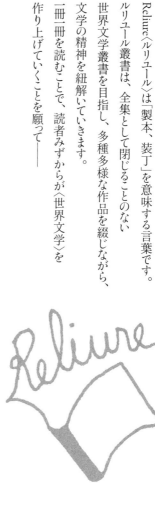

〈ルリユール叢書〉既刊書ラインナップ

アベル・サンチェス
❖ミゲル・デ・ウナムーノ〔富田広樹＝訳〕

二十世紀スペインを代表する情熱の哲学者が現代に甦らせたカインとアベルの物語。魂の闇の臨床記録。

フェリシア、私の愚行録
❖ネルシア〔福井寧＝訳〕

好事家泣かせの遊蕩三昧!!　不道徳の廉で禁書となった、ほしいままにする少女の、十八世紀フランスの痛快無比な〈反恋愛〉リベルタン小説。本邦初訳。

マクティーグ　サンフランシスコの物語
❖フランク・ノリス〔高野泰志＝訳〕

ゾラをも凌ぐアメリカ自然主義の、最高の宿命小説。怪物シュトロハイムに映画『グリード』を作らせた、ノワール文学の先駆的作品！

呪われた詩人たち
❖ポール・ヴェルレーヌ〔倉方健作＝訳〕

コルビエール、ランボー、マラルメらを世に知らしめ、同時代人の蒙を開き、次代に甚大な影響をもたらした詩人ヴェルレーヌによる画期的評論。

アムール・ジョーヌ
❖トリスタン・コルビエール〔小澤真＝訳〕

中原中也の愛した呪われた詩人コルビエールと海の男の子守唄……。中也はコルビエールに何を見たのか。あの名高き『黄色い恋』の、全訳完全版！

ドクター・マリゴールド　朗読小説傑作選
❖チャールズ・ディケンズ〔井原慶一郎＝編訳〕

ディケンズみずから朗読する「クリスマス・キャロル」「バーデル対ピクウィック」など人気を博した〝声に出して読みたい〟代表的朗読作品五篇を収録。

従弟クリスティアンの家で　他五篇
❖テーオドール・シュトルム〔岡本雅克＝訳〕

抒情から叙事へ――詩的写実主義の作家シュトルムの転換期を代表する人間個人の心理に肉迫する表題作のほか、「三色すみれ」「人形つかいのポーレ」「森のかたすみ」「静かな音楽家」「荒野の村」五つの短編を収録。

独裁者ティラノ・バンデラス　灼熱の地の小説
❖バリエ＝インクラン〔大楠栄三＝訳〕

小説技法「エスペルペント」で描き出した、歪んだグロテスクな現実世界――ガルシア＝マルケス、フエンテスらに継承される〈独裁者小説〉の先駆的作品。本邦初訳。

アルフィエーリ悲劇選　フィリッポ　サウル
❖ヴィットーリオ・アルフィエーリ〔菅野類＝訳〕

若きスタンダールとバイロンを熱狂させた十八世紀イタリア最大の劇作家による傑作悲劇『フィリッポ』、『サウル』を収録。本邦初訳。

断想集
❖ジャコモ・レオパルディ〔國司航佑＝訳〕

〔第四回須賀敦子翻訳賞受賞作〕ショーペンハウアー、ベンヤミン、夏目漱石ら東西の文人に影響を与えたイタリアの詩人・思想家・哲学者による遺作の哲学散文集。

颱風［タイフーン］

❖レンジェル・メニヘールト［小谷野敦＝訳］

パリの日本人コロニーを舞台にした〈ジャポニズム・フィクション〉として、二十世紀初頭、欧米各地の劇場を席捲、「黄禍論」の議論を呼んだドラマ。

子供時代

❖ナタリー・サロート［湯原かの子＝訳］

伝記でも回想でもない、まったく新しい「反‐自伝小説」。「私」と「あなた」の対話ではじまる、言葉とイマージュと記憶の物語。本邦初訳。

聖伝

❖シュテファン・ツヴァイク［宇和川雄・籠碧＝訳］

聖書、聖典を材に、時代の「証人」として第一次大戦中から亡命時代に至る激動の時代に書き残した、人類永遠の主題「戦争と平和」をめぐる四つの物語。新編新訳。

ボスの影

❖マルティン・ルイス・グスマン［寺尾隆吉＝訳］

政治家・作家グスマンがみずから体験した政争、暗殺事件を材に、血なまぐさい政権抗争と人間の悲哀を描く〈メキシコ革命小説〉の白眉。本邦初訳。

山の花環 小宇宙の光

❖ペタル二世ペトロビッチ＝ニェゴシュ［田中一生・山崎洋＝訳］

民衆の「哀しき人間の運命」を綴った一大詩篇『山の花環』。宇宙創造、人間の堕落と魂の救済を詠う『小宇宙の光』。セルビア文学の金字塔となった二大叙事詩。

イエレナ、いない女 他十三篇

❖イボ・アンドリッチ［田中一生・山崎洋・山崎佳代子＝訳］

歴史に翻弄される民族を見つめ、人類の希望を「橋」の詩学として語り続けたノーベル文学賞作家アンドリッチ――「橋」、短編小説八篇、散文詩「エクス・ポント（黒海より）」と「不安」、エッセイ三篇を収録。

フラッシュ ある犬の伝記

❖ヴァージニア・ウルフ［岩崎雅之＝訳］

E・B・ブラウニングの日常模様が愛犬フラッシュの目を通して語られる伝記小説。V・ウルフのエッセイ、E・B・ブラウニングの詩も収録。

仮面の陰に あるいは女性の力

❖ルイザ・メイ・オルコット［大串尚代＝訳］

『若草物語』の作者は、男性作家名義で、煽情小説作品を発表していたのか？　女家庭教師《ガヴァネス》が惹き起こす、十九世紀米国大衆〈スリラー〉小説。本邦初訳。

ミルドレッド・ピアース 未必の故意

❖ジェイムズ・M・ケイン［吉田恭子＝訳］

『郵便配達は二度ベルを鳴らす』の著者ケインの、映画・ドラマ化されたノワール文学の傑作。「独居妻《グラス・ウィドウ》」が奮闘する愛と金と逸脱の物語。本邦初訳。

ニルス・リューネ

❖イェンス・ピータ・ヤコブセン［奥山裕介＝訳］

生の豊穣と頽落、夢想の萌芽、成熟から破綻までを絢爛なアラベスクとして描きだした、世紀末デカダンスに先駆ける〈幻滅小説〉。十九世紀デンマーク文学の傑作長編。

ヘンリヒ・シュティリング自伝 真実の物語

❖ユング＝シュティリング［牧原豊樹＝訳］

貧困に負けず学問を続けて大成する、独学者の数奇な人生行路を描いた、〈ヴィルヘルム・マイスター〉よりも大衆に読まれた十八世紀ドイツ教養小説。本邦初訳。

［以下、続刊予定］

魂の不滅なる白い砂漠 詩と詩論	ピエール・ルヴェルディ［平林通洋・山口孝行＝訳］
部屋をめぐる旅 他二篇	グザヴィエ・ド・メーストル［加藤一輝＝訳］
修繕屋マルゴ 他二篇	フジュレ・ド・モンブロン［福井寧＝訳］
ルツィンデ 他四篇	フリードリヒ・シュレーゲル［武田利勝＝訳］
放浪者 あるいは海賊ペロル	ジョウゼフ・コンラッド［山本薫＝訳］
ドロホビチのブルーノ・シュルツ	ブルーノ・シュルツ［加藤有子＝訳］
聖ヒエロニュムスの加護のもとに	ヴァレリー・ラルボー［西村靖敬＝訳］
不安な墓場	シリル・コナリー［南佳介＝訳］
シラー戯曲選 ヴィルヘルム・テル	フリードリヒ・シラー［本田博之＝訳］
魔法の指輪 ある騎士物語	ド・ラ・モット・フケー［池中愛海・鈴木優・和泉雅人＝訳］
笑う男［上・下］	ヴィクトル・ユゴー［中野芳彦＝訳］
パリの秘密［1〜5］	ウージェーヌ・シュー［東辰之介＝訳］
コスモス 第一巻	アレクサンダー・フォン・フンボルト［久山雄甫＝訳］
名もなき人びと	ウィラ・キャザー［山本洋平＝訳］
ユダヤの女たち ある長編小説	マックス・ブロート［中村寿＝訳］
ピェール［上・下］	ハーマン・メルヴィル［牧野有通＝訳］
詩人の訪れ 他三篇	シャルル・フェルディナン・ラミュ［笠間直穂子＝訳］
残された日々を指折り数えよ 他一篇	アリス・リヴァ［正田靖子＝訳］
遠き日々	パオロ・ヴィタ＝フィンツィ［土肥秀行＝訳］
ミヒャエル・コールハース 他二篇	ハインリヒ・フォン・クライスト［西尾宇広＝訳］
復讐の女 その他の短編集	シルビナ・オカンポ［寺尾隆吉＝訳］
化粧漆喰［ストゥク］	ヘアマン・バング［奥山裕介＝訳］
ダゲレオタイプ 講演・エッセイ集	K・ブリクセン／I・ディーネセン［奥山裕介＝訳］

＊順不同、タイトルは仮題、巻数は暫定です。＊この他多数の続刊を予定しています。

三つの物語	スタール夫人［石井啓子＝訳］
昼と夜　絶対の愛	アルフレッド・ジャリ［佐原怜＝訳］
恋の霊	トマス・ハーディ［清宮協子＝訳］
汚名柱の記	アレッサンドロ・マンゾーニ［霜田洋祐＝訳］
撮影技師セラフィーノ・グッビオの手記	ルイジ・ピランデッロ［菊池正和＝訳］
黒い血［上・下］	ルイ・ギユー［三ツ堀広一郎＝訳］
梨の木の下に	テオドーア・フォンターネ［三ッ石祐子＝訳］
ニーベルンゲン	フリードリヒ・ヘッベル［磯崎康太郎＝訳］
メモ人民委員　青銅の胸像	ドリテロ・アゴリ［小林久子＝訳］
ダントンの死　レンツ／ツェルビーン	ビューヒナー／レンツ［菅利恵・籠碧＝訳］
モン＝オリオル	ギ・ド・モーパッサン［渡辺響子＝訳］
ルルド［上・下］	エミール・ゾラ［野田農＝訳］
歳月	ヴァージニア・ウルフ［大石健太郎＝訳］
フランツ・カフカとプラハ　恋人たち	パヴェル・アイスネル［島田淳子＝訳］
殉教者たち［上・下］	シャトーブリアン［高橋久美＝訳］
レディ・スーザン	ジェイン・オースティン［小川公代＝訳］
古文書と青のなかへの旅立ち　他三篇	ルートヴィヒ・ティーク［山本浩司＝訳］
ヴァツェクの蒸気タービンとの戦い	アルフレート・デーブリーン［粂田文＝訳］
ポール＝ロワイヤル史概要	ジャン・ラシーヌ［御園敬介＝訳］
ヘスサの歩く道	エレナ・ポニアトウスカ［鋤柄史子＝訳］
〈眠れる者〉目覚める	H・G・ウェルズ［秦邦生＝訳］
ペテルブルク［上・下］	アンドレ・ベールイ［東和穂＝訳］
二匹の獣　他八篇	ドヴィド・ベルゲルソン［田中壮泰＝訳］
ユードルフォの謎	アン・ラドクリフ［田中千惠子＝訳］

＊順不同、タイトルは仮題、巻数は暫定です。＊この他多数の続刊を予定しています。